ラルーナ文庫

ドMの変態がエロ男爵に恋をした!?

中原一也

三交社

CONTENTS

Illustration

nagavic

ドMの変態がエロ男爵に恋をした!?

本作品はフィクションです。
実際の人物・団体・事件などにはいっさい関係ありません。

1

「兄さん、寄っていかんかね」

道行く男たちにかけられる声が、ポツリポツリと聞こえていた。

赤い提灯《ちょうちん》が並ぶ歩道。街頭もあるが、その灯《あか》りはガス灯のような柔らかな色をしている。古都を思わせる長屋造りの古い木造二階建てが並んでおり、何度も修復を繰り返した建物は時間の手により深い味わいを見る者に感じさせた。二階の窓の手すりや軒天井は朱色で統一され、金色の装飾が施されている。景観を損なわないためなのか、外の看板はどれも白地に毛筆体で書かれたシンプルなものばかりだ。

また、道の両側に並ぶ料亭と呼ばれる店は六畳ほどの広さで、それぞれが独立した形になっている。店先には『桜狩』『坂鳥』『藍微塵』『花衣』などといった料亭の名前が入った朱色の暖簾《のれん》がかかっていて、中を覗《のぞ》くと着物を身に着けた男や女が座っている。外の灯りが控えめにしてあるからか、中から漏れる光はまるでそこに何やらよいものが待っていると言いたげで興味をそそられる。

ここで売られているのは、客の欲望を満たしてくれる『夢』だ。

平成も終わりに近づき、新しい年号になろうというのに、ここだけはまるで時間に取り残されたような雰囲気を醸し出している。街全体に漂う怪しげな色香は、ここが特別な場所であることの証だった。

関東のとある場所にある通称『旅人《たびと》遊廓《ゆうかく》』は、昼間はただの寂れたシャッター街にしか見えないが、ひとたび日が落ちるとその様相はガラリと変わる。それまで堅く閉じていた店先に暖簾がかかり、欲望をしたためた空気に街全体が覆われる。そこでは、曳《ひ》き子と呼ばれる客寄せがこうして道行く男どもにひと時の夢を売るのだ。

客は料理を食べるという名目で赤い暖簾を潜《くぐ》るのだが、料亭は客の貸切で、そこに一人の給仕がいるといった具合だ。

客の世話をする者と恋に落ちて一夜を共にしたところで、誰《だれ》も咎《とが》めることはできないというのが表向きの話だった。奥の赤い階段を上がっていけば畳敷きの部屋に布団が敷かれてあるが、それすらもただの休憩所ということになっている。

「そこの兄さん、寄っていかんね」

『宵闇《よいやみ》』と名の入った暖簾の奥で、門倉壱《かどくらいち》は自分の曳き子が客を呼ぶ声を聞きながら、しばしの休息を取っていた。部屋の中には飾り金具が美しい和箪笥《わだんす》や柱時計があり、囲炉裏《いろり》の上には南部鉄器の茶釜《ちゃがま》がぶら下っている。ここで働く者はみんな着物で、門倉も青磁色の着物を身に着けていた。泳ぐ鮎《あゆ》をデザインした柄が入っていて、風流だ。黒紅梅の地に白の献上柄の入った帯が、全体を引き締めた印象にしている。

色町らしく赤い衣装を身に着ける者もいるが、あからさまに欲望を刺激しないほうがかえって男の情欲をそそる場合もあることを門倉は知っていた。特に歳《とし》を重ねると、毒々しい朱色などは滑稽《こっけい》に見えてくる。

この街で躰《からだ》を売るようになって何年になるだろうか。数えきれないほど多くの男に抱かれてきた。これからも抱かれるだろう。

しかし、門倉からは身を売る者の悲哀はまったく感じられなかった。

「なぁ、もうちょっと休憩させてくんねぇかな。俺もう三十四よ？」

門倉は、曳き子に声をかけた。だが、曳き子は「あともう少し稼いでくんなせぇ」と言っただけで頼みを聞いてくれない。言葉は柔らかだが、そこには有無を言わさないものがあった。けれども、本気で頼んだわけではない。自分にはこうして稼ぐしかないとわかっているからだ。

「こき使うねぇ。ブラック企業って知ってる？」

「今夜はもう少し稼がんと。壱さんお好きだから苦じゃないでしょう」

「言うねぇ」

はっきり指摘するものだから、思わずカラカラと笑った。

曳き子が再び通りに声をかけ始めると、門倉は暖簾の間から覗き見えるその背中をぽんやりと眺めた。

門倉の曳き子は左目が半分閉じたようになっていて、背中は極端に曲がっている。右手が手首から内側に曲がったままなのは、麻痺《まひ》によるものだ。頭も剃《そ》っていて昔話に出てくる妖怪のような異様さを感じる姿だが、この街にはむしろ似合っていた。まるで見世物小屋でも覗くようなわくわくした気持ちを呼び起こす。本人もそれをわかっていて、あえて声色を作って足を引きずるような歩き方で客に声をかけていることを門倉は知っていた。

門倉の曳き子が上客をよく呼ぶのは、ごく普通の遊びに飽きた金持ちがそういったものに興味を示すことを知っているからなのかもしれない。

一般の仕事に就けない者が生きていくにはこういう場所で働くしかないが、門倉同様、曳き子からそれを嘆く様子は微塵《みじん》も感じられなかった。むしろ、不遇な躰に生まれても誰の手も借りずに生きている彼には、誇りすら感じる。

普通の世界に馴染《なじ》めない者たちが、自尊心を傷つけられることなく生きていける街。

ここはそういう場所だった。

「壱さん、お客様です。お茶請けをお出ししてくだせぇ」

曳き子に声をかけられ、門倉は視線を上げた。お茶請けとは隠語だ。奉仕する時間のことを指す。十五分ごとに料金が設定されていて、時間で買える最長は二時間。それ以上になると一晩の料金を払わなければならない。

お茶請けは一番短い十五分を指している。

「いらっしゃいませ」

暖簾を潜って男が入ってくるのを見て、門倉は小さな驚きを抱いた。曳き子に案内されてきたのは、スーツを着た三十前後の男だ。

目鼻立ちのはっきりした男前で、門倉は思わず三人目の客であることも忘れて男のことを興味深く眺める。撫《な》でつけられた黒髪は艶《つや》やかで、少しの乱れもなく、鋭い瞳《ひとみ》の奥には底なし沼のような深い漆黒があった。それはただの色というより、心に抱えたものが現れているようだった。

また、鼻筋はスッと通っていて育ちがよさそうな印象で、キリリと結ばれた口に男らしさを感じる。唇は厚めで、理性的な雰囲気を持つ男の中で唯一そこだけに人の欲らしきものを垣間見《かいまみ》ることができた。

（へぇ、そそる男が来たもんだ）

無意識に品定めしてしまい、そんな自分を嗤《わら》った。

今夜この男に何を強要されるのかと考えると疼《うず》くのは、門倉が自他ともに認めるマゾヒストだからだ。

肉体的にも精神的にも、虐げられると門倉は燃える。

門倉はゆっくりと立ち上がった。

「随分と男前が来たもんだね」

お世辞だと思ったのか、男は返事をしなかった。時々、この街がどういうところか知らずに店に入る客もいるが、その可能性を疑いたくなる反応だ。食事をするつもりで入って事実を知り、真っ青になって帰る者もいた。

しかし、落ち着いた態度からどうやらそうとも言えないとわかり、奥に誘う。

「まぁ、とりあえず上がってくださいな」

階段で二階に上がると、男は黙ってついてきた。やはり、ここがどういう店か知らずに入ってきたわけではないらしい。

二階には布団が敷かれていて、何をするのかは一目瞭然《いちもくりょうぜん》だ。膳《ぜん》があるが、手をつける客はあまりいない。せいぜい酒を飲むくらいだ。

門倉は、建前として膳の傍《そば》に座って男を促した。

「どうぞ。何かお飲みになりますか？」

男は門倉の勧めるまま座布団の上に胡坐《あぐら》をかいたが、返ってくるのは沈黙ばかりだ。

男の横顔をそっと窺《うかが》い見る。横から見ても滴るような色香を漂わせていた。顎《あご》の先からエラの部分にかけてのライン、そして首筋にかけて浮き上がった筋までもがやけに意味深だ。

スーツというのもいけない。清潔感のある白いワイシャツが男の内側から滲《にじ》み出る淫靡《いんび》な色香をよりいっそう強く匂《にお》い立たせる。冷静な表情の下に隠された獣はどんな牙《きば》を持っているのか、楽しみでならない。

「もしかして、つき合いで連れてこられたんですか？」

聞くが、やはり男は答えなかった。門倉などに微塵の興味も持っていないという態度で一瞥《いちべつ》すらくれない。おかしな客だと思いながら猪口《ちょこ》を取り、男の手を取って持たせようとしたが、冷たく拒絶された。

「おい、薄汚れた手で触るな」

感情の籠《こも》らない言い方をされ、口元を緩める。

(いいねぇ、ぞくぞくする)

蔑《さげす》まれることに悦《よろこ》びを感じる門倉は、男の言い方に甘い快感を覚えずにはいられなかった。

仲間内ではドMの変態といわれる性的志向を持つ門倉は、物理的な攻撃よりも精神的なそれにそそられる。

しかも、感情的に言われるのとは違った。薄汚れた手なんて暴言を吐きながらも、そこに感情はまったく感じられなかったのだ。

感情を込めるほどの価値すらないと言われているようで、そんな扱いも門倉にとっては極上のご褒美だった。見た目もさることながら、艶のある低いトーンの美声で言われると心を躍らせてしまう。

こういう場所で躰を売っているからか、自分がすっかり仲間の言う『ドMの変態』に成り下がっていることを再確認したような気分だった。

「すみません、ついいつもの癖で……。だけどお客さん、触れ合わずにセックスする気ですか？」

「お前と寝る気はない」

「それは残念。でも、せっかくですから酒くらい飲んでいってくださいよ」

そう言って膳に置かれた猪口に冷酒を注いだ。

（そそるねぇ。こういう男に折檻《せっかん》されたら燃えるだろうなぁ）

その場面を想像し、下半身が熱くなるのを感じる。言葉で責められながら後ろを突かれるのが門倉の一番好きなプレイだが、放置されるのもそれはそれでイイ。

この客とどんな時間を過ごすことになるのだろうと想像しながら、あえて軽蔑《けいべつ》されるようなことを口にする。

「セックスしないのになんでここに来たんです？」

返事を待ったが、やはり何も返ってこない。さらに面白くなる。ここまで反応がないと、その仮面を剝《は》がしたくなるのが人間というものだ。

「俺みたいな公衆便所の中年は抱く気になんないか」

どうすればこの男の顔色を変えられるのかと考えながら、門倉は自分も猪口を手に取って日本酒を口にした。胃がジワリと熱くなる。

それがアルコールのせいなのか、目の前の男の色香に酔ったからなのか、よくわからなかった。

「あんたみたいなエリート風がこんなところに来ちゃ駄目でしょ」

世間知らずのボンボンが社会勉強でもしに来たのかと、探りを入れてみる。

だが、挑発する門倉に対して男は感情を乱すどころか、不遜《ふそん》な笑みを漏らした。唇を歪《ゆが》めて嗤うその表情に、門倉の悪い癖が出る。

（またゾクゾクする目をするね）

門倉はさらに男を観察した。膝《ひざ》の上に置かれた手に、緊張は感じられない。今度は手を触れずに猪口を両手で差し出した。すると、意外にもそれを受け取る。酒を注ぐと一気に呷《あお》った。コクリと上下する喉仏《のどぼとけ》を見て、それを目で味わうようにゆっくりと瞬《まばた》きする。

男臭いそのでっぱりが、門倉は好きだった。

「いける口ですか？」

猪口を差し出され、もう一度酒を注ぐ。

「日本酒は好きだ」

「お客さん、名前なんていうんです？」

「お前に名乗る名はない」

「俺は門倉壱」

「名前など聞いてない。どうして躰なんて売ってる」

「どうしてって……それしか稼ぐ手段がないからですよ」

自分に興味を持ったとは思えないが、男から質問を浴びせてきたことに心が躍る。なんの目的でここに来たのかはいまだ不明だが、話などするつもりがなかったはずの男がそれを変えたのだ。

感情を理性で完璧《かんぺき》に操れそうな男が、ほんの少し崩れた。

こういうのは、グッとくる。

「世間話をしに来たんですか、お客さん」

もう一度手に目を遣《や》った。

関節の部分が太く、男らしい手をしていた。指が長く、爪《つめ》は大きくて手入れされている。マニキュアは塗られていないようだが、磨いてはいるのかもしれない。表面は不自然でないくらいに艶があり、甘皮も処理されている。

指の長い男は好きだ。理性的で、どこか淫靡だからだ。

門倉はその指で躰を弄《いじ》り回されるところを想像していた。

「なんだ？」

「いえ、綺麗《きれい》な手だと思ってね」

「そういうお世辞は女に言え」

「男も綺麗な手ってのはあるんですよ。指の長い男ってのは……」

言いかけて、男を見た。何を言おうとしているのか気になるのか、男がじっと見ている
のがわかり、ふと口元を緩めながら続ける。「……すごくエッチだ」

また冷たい視線を浴びた。ゾクリとした悦びが背中を走る。

自分が好き者だと主張してしまうのは、これが欲しかったからかもしれない。男からの
軽蔑。嫌悪しているはずなのに、なぜこの街に自ら足を運んだのか。

俄然《がぜん》興味が湧《わ》いた。

「その長い指で男を弄りに来たんじゃないんですか？」

挑発は無駄だった。男は門倉を一瞥しただけで、また理性という仮面の下に感情を隠し
てしまう。

「うんと意地悪をしてくれると思ってたんですけどね」

「客は俺だ。なぜお前の欲望を俺が満たす必要がある？」

「ごもっとも」

欲しくなった。

なぜこの男は自分に手を出そうとしないのだろうと思う。けれども、同時にオアズケさ

れる悦びも感じてしまうのだから世話はない。そんな自分に心底呆《あき》れながらも、次第に冗談では済まされなくなっていることに気づいた。

（この辺でやめときますか）

客に惚《ほ》れてはいけないというのがこういった仕事の原則だが、門倉は自分の興味が危険な域に届きそうな気がした。自重すべきだ。それはわかっている。

十五分が経った。時間切れだが、すぐにそれを告げる気にはなれなかった。

あと五分。

客に言われることはあっても、門倉が言ったことのない台詞《せりふ》が心に浮かぶ。

しかし、なかなか下りてこないのに痺《しび》れを切らしたのか、曳き子が階段を上がってくる足音が微《かす》かに聞こえてきた。上がったところにある板の間に正座する気配がしたかと思うと、中を覗けないよう置かれている衝立《ついたて》の向こうから聞かれる。

「お客さん、お時間です。どうなさいますか？」

「帰る」

短く言ってから、男は立ち上がった。

「もうおしまいですか」

思わず本音を漏らすと男は門倉を見下ろしながら小さく鼻を鳴らし、部屋を出ていった。

軽蔑すら感じる眼差《まなざ》しで見下ろしてくる男は、これまでに寝たどの客よりも門倉のあそこを疼かせた。

門倉壱が、最後の遊廓といわれるこの街で躰を売るようになったのは二十代後半だった。借金を抱えただとか、ヤクザの女に手を出しただとか、やむを得ない事情によるものではない。なんとなく流れ着き、なんとなくこの仕事に就いただけだ。ただ、己の意思に違いないとはいえ、そうなる環境がまったくなかったというと嘘《うそ》になる。

門倉には、戸籍がない。

戸籍がないなどこの日本であり得ないと思われがちだが、その数は意外に多く、行政が把握しているだけでも一万人はいるだろうと言われている。戸籍がない理由は様々で、よくあるケースは離婚後の三百日ルールに起因する。

離婚後三百日以内に生まれた子は生物学上別の男性の子供でも前の夫の子とするもので、自分の子と認めたがらない前の夫が認知せず逃げるなどして、出生届が出されないままになることが多い。だが、門倉の場合は、単に母親が出生届を出さずにいたからだ。

彼女は妻のいる男の子供を身籠《みご》り、出産した。知り合ったのは男の屋敷で家政婦として働いていたからだと、同じ家政婦紹介所に所属していた同僚から聞いたことがある。お腹が目立ち始める頃にようやく妊娠を告げたが、男は認知する気などさらさらなかったらしい。手切れ金を渡されてあっさりと別れ、仕事も辞めた。

実の子である門倉から見ても、彼女は普通ではなかった。精神的に幼く、すぐに誰かの言いなりになっていた。今思うと、男にいいように扱われていたのだろう。出生届を出さなかったのも、認知しないと言われて自分が子供を産むと相手が困ると感じたからのようだ。

彼女なりの男への愛だったのかもしれない。

そんな母親だったが、愛情はたっぷりと注がれ、不自由な思いや寂しい思いをしたことはなかった。

いつも歌を歌っていたのを覚えている。

壱っちゃんは可愛《かわい》いね。大好きよ。お母さんの大事な宝物——そんなふうに自分の気持ちをよく歌にして聞かせてくれた。

遊び相手だと言って、三歳くらいの小さな男の子を連れて帰ったこともある。今日から家族だと言われたが、子供心にもあれはさすがにまずいと思い、母の目を盗んで「迷子」だと言って交番に連れていった。しかし、彼女に悪気はなく、誘拐するつもりなどなかったのはわかっている。その子を見る目には、門倉に注ぐものと同じ愛情を感じた。それほど純粋だったのだ。

再び親子二人きりになり、手切れ金が底を尽きるとこの街に移り住んで躰を売りながら門倉を育てた。単なる世間知らずでは収まらない彼女は、この街を仕切る者にとっても都合がよかったに違いない。子供のことについて、誰かが助言することもなかったようだ。

戸籍がない門倉はもちろん小学校にも通わず、行政のサービスを受けることは一切なかった。当然免許証もなければ保険証もない。かろうじて母やこの街の住人に読み書きや計算を教わったくらいだ。

母が若くして亡くなり、一人になってからは、ここから離れて盗みや詐欺行為など生きるためにできることはなんでもしてきた。ホームレス状態だったことも多く、公園で一夜を明かしたこともある。寒い思いや耐えきれない空腹を感じることもめずらしくはなかったが、自分を惨めだと思ったことは一度もない。

母親がいたこの街に流れ着いたのは、自分の躰を売って何かを手に入れたことがあったからだ。個人経営は何かとリスクがある。ここなら、少なくともやぶ蚊が飛ぶ河川敷の草むらの中で尻《しり》を差し出す必要はないし、行為のあと湯で躰を洗うこともできるのだ。

躰を売るには歳が行き過ぎていると思うだろうが、ここにはどんな人間にも需要があった。

性別問わずで、中で待っているのが男か女かは曳き子の着ている着物の色を見ればわかるようになっている。男に興味がなくとも女を買いに来たついでに興味本位で男を抱き、嵌《はま》ってしまう者も少なくなかった。また、客の好みに応じてエリアが分かれており、行く場所がある程度決まってくる。

中央通りは、『旅人遊廓』のある山名街《やまながい》の一丁目から三丁目までの六区間にある通りで、ごく一般的な趣味の者が足を運ぶ場所だ。その中でも見た目や年齢でランク分けされており、それに応じて値段も変わる。

化け物通りといわれる通りは、中央通りの南に位置する通りで見た目の劣る者が躰を売っている。見た目など気にしない、とにかくセックスしたいというような客が行くところで、もちろん料金はかなり安い。

きらめき通りは、中央通りからさらに奥に入ったところにあり、容姿や年齢、すべてにおいてハイレベルでそのぶん料金もかなり高く設定されている。ここに来るのは比較的懐に余裕のある客だ。

そして、門倉がいるのが不思議通りだ。

不思議通りは一風変わっていて、マニアックな嗜好《しこう》を持つ者が好んで足を運ぶ一画だ。SMなどを好む者もこの不思議通りに来ることが多く、ここで躰を売る者のタイプは広範囲に亙《わた》る。この通りを目指して来る客は皆特殊な嗜好を持ち合わせていて、通りもどこか混沌《こんとん》とした雰囲気で他とは少し違っている。

門倉が生きてこられたのは、人が他人には言えない密《ひそ》かな趣味を持っているからだ。

正体不明の客が来た翌日。門倉は仲間とともに昼飯を食べていた。大皿に盛ったおかずと白飯。味噌汁《みそしる》もちゃんとある。

仕事の時はみんな着物を着ているが、普段はスウェットやパーカーなどごく普通の格好をしている。基本的に働く日数は土日祝祭日を除く週五日で、仕事は日が暮れてから明け方までとなっているため、昼間はこうしてよく集まる。

ガチャガチャと音を立てて食べる様子は、肉体労働者そのものだった。躰一つで稼ぐ門倉たちにとって食事は大事だ。仲のいい友達と囲む食卓は、母親を早くに失った門倉に優しい時間を提供してくれる。

一般のマンションを借りて住んでいる者もいるが、料亭が準備したところに門倉が住んでいるのは、仲間と一緒にいる時間が好きだからだ。昔旅館だったところをそのまま使っている。一階には事務所があり、ロビーは改装して部屋として使っているが、調理場はそのままにしてあり、時間単位で金を払えば自炊もしていいことになっている。

門倉たちの住まいは二階で、階段を上がるとパンチカーペットの敷かれた廊下の両側にずらりとドアが並んでいる。それを開けると一畳ほどのスペースがあり、そこが玄関代わりだ。一段上がったところに襖《ふすま》があり、その向こうに十畳の部屋があった。トイレも風呂《ふろ》もついていて、お湯を沸かすくらいなら部屋でもできる。

隣人との距離が近いところが、門倉は気に入っていた。

「ねぇねぇ、その客って誰なんだろう」

門倉の隣でウキウキと正体不明の客について想像を膨らませているのは、ルイという小太りのおじさんだった。料亭の名は『虎《とら》が涙《なみだ》』で、音にすれば同じだが店では『涙《ルイ》』と名乗っている。色白で口髭《くちひげ》を生やしており、唇は至極血色がいい。

今年四十二になるが、ルイはこの街ではなかなかの人気者でかなり稼いでいる。

赤い唇と内面から滲み出る温和な性格が、下手すればヤクザに見られがちな顔の造りをまったく逆の印象に変えていた。肌の艶もよく、ルイほどの吸いつくような肌は滅多にお目にかかれない。

門倉も触らせてもらったことがあるが、特に脂肪のついた胸や腹回りは、ずっと揉《も》んでいたいと思ったくらいだ。性欲とは直結しなかったが、欲望を刺激される客は多い。

「ただの物好きだろ」

「壱っちゃんに指一本触れずに帰っていったって本当?」

「まぁね。たっぷり蔑んでくれたけど」

「なに嬉《うれ》しそうな顔してるんだよ～。やっぱり壱っちゃんはドMの変態だよね」

「羨《うらや》ましいのう。わしなんか昨日は散々じゃったよ」

掠《かす》れた声で言ったのは、料亭『雨月《うげつ》』の三蔵《さんぞう》で、今年七十六になる爺《じじい》だ。曳き子としてではなく、紛れもなく男娼《だんしょう》として働いている。しかも、SM専門ときている。

セックスというより、すでに老人虐待だ。

需要があるのかと驚く者も多いだろうが、世の中に理解しがたい嗜好を持つ者は多い。

三蔵は色黒で痩《や》せており、髪もすっかり寂しくなって前歯も一本抜けている。笑うと覗く金歯は三蔵の自慢らしい。酒が入ると本物の金だと触れて回る。

そんな三蔵を抱くのが好きという客は、毎日のようにやってくるのだ。

盆栽好きで暇さえあればパチンパチンと鋏《はさみ》を鳴らしながら自分の作品に手を入れている姿からは、躰を売っているとは到底想像できない。

「三蔵はそろそろ引退したほうがいいんじゃないのか？」

「わしは死ぬまで現役じゃ」

ひゃひゃひゃひゃ、と笑い、三蔵は白飯を掻《か》き込んだ。痩せていても食欲は旺盛《おうせい》で、摂取した栄養はどこに行っているのだろうといつも不思議に思う。

「だけど見てみたいなぁ。その色男。何しに来たと思う？　僕のところにもそのイケメン

来ないかな〜」

「ルイは例の常連が来たんだろ？　可愛がってもらったんじゃないのか？」

「んふふふふ〜」

ルイは嬉しそうに頬《ほお》を赤らめた。

「僕のお腹のお肉が好きなんだって。岸田《きしだ》さん後ろから優しく突いてくれるから、僕気持ちよくって先にイッちゃった」

「なんだ、イイ思いしてんじゃねぇか」

岸田というのは、ルイを気に入って頻繁に訪れる上客だ。名前は偽名だろうが、随分と優しくしてもらっているらしい。指名制度はなく、早い者勝ちのようなシステムのため、ルイを買いに来る時は早い時間に現れる。

「そうそう。それより傷大丈夫？　ちゃんと手当てしないとあとで泣いても知らないんだからね」

ルイの言葉に、門倉は昨日からずっと疼いている自分の息子を手でそっと覆うように触れてみた。ズボンの上から触れただけでも、少し痛む。

印象的な男が帰ったあと、門倉は別の客に買われた。

相手はこの街の噂《うわさ》を聞いてやってきた若い男でＳＭプレイがしてみたいと言い、様々な道具で門脇の躰を弄り回した。

無茶をするタイプの客もいて、怪我《けが》をすることもある。

基本的に外からの道具持ち込みはご法度だが、男は尿道に挿入するための細いステンレスの棒を持っていた。専用の道具ではなく、何かを自分で加工したもののようだった。SM専用の道具は料亭でも用意しているが、自分が持ってきたものを使いたいと主張した。曳き子を呼んで行為を中断することもできるが、そうするかしないかは門倉たち男娼本人の腹次第というところもある。

「やっぱりまだ痛むんだ？　持ち込み禁止だって言えばよかったのに」

「小遣い弾むって言うから。俺も嫌いじゃないんでね。チップも貰《もら》えるし」

その言葉に、ルイは呆れた顔をする。

「もう、いつも無茶ばかりするんだから。三蔵もだよ。去年骨折したの忘れちゃ駄目だよ」

「わかっとるわかっとる。じゃがなぁ。新しい鋏が欲しいんじゃ。職人が作った道具を使うとな、仕上がりも違うんじゃよ～」

「盆栽と自分の躰のどっちが大事なの」

「盆栽じゃ」

にんまりと嬉しそうに笑う三蔵を見て、ルイはがっくりと肩を落とした。

おかずの入った大皿がすっかり空になると、全員で手を合わせて「ごちそうさま」と声を揃《そろ》える。料理を作るのはルイで、片づけるのは門倉だ。三蔵は歳が歳のため、いつも座ってゆっくりしてもらっている。

こんな仕事をしているが、老人をいたわる心くらいは持っている。

「今日はデザートもあるんだよ」

門倉が洗いものを終えると、ルイが準備を始めた。ルイはパティシエとして修業をしていた時期もあるため、よくお菓子を焼いてくるのだ。

今日は炊飯器で作ったフルーツケーキだった。ルイの作るお菓子は甘さ控えめで美味《おい》しい。特に甘いものが好きというわけではないが、ルイのデザートなら女の子のようにたくさん食べてしまう。

「じゃあ、俺がコーヒーでも淹《い》れますか」

インスタントコーヒーしかないが、せっかくだ。湯を沸かしてコーヒーカップを三つ並べた。それぞれの好みに合わせて薄いのを一杯、濃いのを二杯作ってからちゃぶ台に運ぶ。

「そのイケメンとやらはまた来るかのう」

「もう来ないさ、きっと。俺に興味を抱いた感じはなかった」

「そうかなぁ。僕はまた来るかもしれないと思うんだよね」

「なんで？」

「勘だよ勘。ぽっちゃりの勘」

自分の腹の脂肪をつまんでぷるぷる揺らしながらふざけてみせるルイを見て、門倉はげらげらと笑った。三蔵は笑いすぎて入れ歯をちゃぶ台の上にふっ飛ばし、慌てて口の中に収める。

「はい、どうぞ。二人とも食べて」

「旨《うま》そうじゃ。貰おうかの」

「いただきま～す」

ルイの作ったフルーツケーキはプロ並みの味だった。しっとりとしていて、ラム酒の香りが微かに効いている。三蔵も喜んで食べていた。

その時、足音がして呼ばれる。

「壱、ちょっといいか？」

門倉を呼んだのは、料亭を仕切っている中野《なかの》という男だった。中野は六十代半ばで、ヤクザのような見た目だ。本当のヤクザではないが、似たようなものだろう。

食べかけのケーキとコーヒーをそこに残して立ち上がる。

門倉は、一階にある中野の部屋に連れていかれた。元はロビーだった場所で、いくつかの和室に分けられており、いろいろな目的で使われる。

「座れ」

座布団を顎でしゃくって言われ、そこに胡坐をかく。

門倉は、右側の襖になんとなく目を遣った。

この部屋の奥にもう一つ部屋がある。そこは初めてここに来た時、門倉も入った部屋だ。男を知らない躰に男を喜ばせる術《すべ》を叩《たた》き込む場所でもある。門倉はここに来る前も躰を売っていたことがあったため、いわゆる味見だけで終わった。どの程度セックスが上手いか、どんなプレイが得意なのかを知るためでもある。

借金などで無理やり連れてこられた者は、ここで泣きながら初めての経験をすることになる。何度か若い男のすすり泣く声を聞いたことがあった。ここ最近では、二週間前だ。綺麗な子だった。あれ以来姿を見ないのは、この街から抜け出せたのではなく、門倉のいる通りとは別の通りで躰を売っているからだろう。

「どうかしたか？」

「え？　……ああ、いえ。別になんでも」

「調子はどうだ？」

「まぁまぁですよ」

門倉は軽く口元を緩めた。わざわざこうして呼ばれるなんて、あまりいい気はしない。

「昨日来た客に、手を出さずに帰ったもんがいるらしいな」

門倉はすぐには答えなかった。この男は地獄耳で、なんでも筒抜けだ。おそらく曳き子辺りから情報を手に入れたのだろうが、それにしても早すぎる。ここで働く者は多いのだ。

一人一人に目を配るのはそう容易ではないだろうに、監視を怠らない。

「金はきちんと払っていきましたよ」

「そういうことじゃねぇ。惚れるんじゃねぇぞ」

「まさか」

軽く笑いながら一蹴《いっしゅう》するが、まだ疑いは晴れないらしい。心の奥まで覗くようにじっと見られる。馬鹿馬鹿しいとため息をついたが、そんなことをしたところでこの男にはなんの効果もないとわかっていた。

「わざわざそんなことを言うために呼んだんですか」

「時々いるんだよ。惚れた相手と足抜けしていく奴が。お前にはもっと稼いで欲しいんだ」

「別に借金があるわけでもないし、足抜けするかしないかは俺の自由でしょ」

ジロリと睨《にら》まれた。

わざわざ警戒されるようなことを言ってしまったことを後悔する。

「冗談ですよ。足抜けなんて考えたことないです。むしろいつまで働かせてもらえるか俺のほうが心配するくらいですよ」

嘘ではなかった。

自他ともに認めるマゾヒストの門倉が、趣味と実益を兼ねた仕事を手に入れたのだ。わざわざそれを捨てる気はない。時々怪我をすることがあるが、それすらも門倉に刹那《せつな》の快楽を与えてくれる瞬間でもあるのだ。

「あれ？　信じてないんですか？」

左目だけ細めて笑う門倉を見て、中野も軽く鼻を鳴らす。

「それに、あんなエリートっぽい男が俺みたいな賞味期限切れのおっさんの手を取って、この街から連れ出そうなんて思わないんじゃないですかね」

門倉が普段と変わらないのを見て、やっと納得してくれたようだ。

「それならいい。しっかり働け。ここもいつまで存続できるかわからないからな」

「そっちの心配をすべきですかね」

東京でオリンピックが開催されると決まってから、街の浄化が進んでいるのは門倉も感じていた。クリーンな東京、クリーンな日本を世界にアピールするために、政治家たちは躍起になっている。

禁煙区間ができ、飲食店での喫煙が全面的に禁止となり、さらに動物の展示販売も禁止となった。その動きを急速に進めた政治家が、動物愛護の気持ちに駆られたからではないことくらい門倉にもわかる。

そして、次に手をつけようとしているのが、最後の色町といわれるこの場所だと噂されている。世界中の人間が集まる健全な祭典のために、潰《つぶ》されるのだ。

だが、こういったグレーゾーンがあるからこそ、門倉のような人間が生きていけるのも確かだった。

浄化されるにつれて、生きられる場所が徐々に少なくなっていく気がした。それはまるで、存在してはいけないと言われているようだ。そのことを嘆くつもりはない。そんな心は残っていない。

ただ、面白みのない世の中になっていくのだなと感じるだけだ。

混沌としているからこそ、生きていると感じられる。少なくとも門倉のように、書類上は存在していない者が誰を傷つけることなく、それなりの生活を手に入れるには必要な場所だ。

どこも浄化されすぎて、生きる気力すら削《そ》がれている。

今の時代を見ていると、そんな気がした。

「お前も今のうちに働いておくことだ。今夜もたっぷり稼いでくれよ」

「承知しました」

部屋を出ると、ルイたちのところへ戻った。二人は門倉が呼ばれた理由を問いつめるでもなく迎えてくれる。

「あ、帰ってきた。早くしないとなくなるよ」

「わしはお代わりしたぞ。ほら、もう三切れも喰《く》った」

「食欲だけはあるんだから〜」

「性欲もまだあるぞ」

「やだな〜、もう！　三蔵の好き者っ！　色欲爺っ！」

声をあげて笑う二人を見て、門倉も肩を震わせる。

ゴミのような人生だが、こんな仲間がいるから悪くない。

2

門倉を抱かずに帰った客が再びやってきたのは、ちょうど一週間が経ってからだった。二時間買いたいと言っていると曳き子からそれを聞いた時は、自分の耳を疑った。けれども暖簾を潜って入ってきたのは、紛れもなく指一本触れずに帰っていった男だ。

（またなんで……）

口に出しはしなかったが、門倉の頭に浮かんだのはそんな言葉だ。あの時は、ただ勇気がなくて抱かなかったとは思えない。

「またいらしたんです？」

相変わらずのだんまりが心地よく、微笑を浮かべると立ち上がる。

「まぁ、あがってくださいな」

門倉は階段を上がって二階に向かった。男は黙ってついてくる。いったいなんの目的があってここに来たのか考えるが、わかるはずはなかった。

（ま、そのうちわかるさ）

今日はどうするつもりだろうと考え、とりあえず普段どおり膳の前にある座布団に座るよう促した。すると、男は胡坐をかく。

やはり何かしようとする気配はなかった。

「今日も何もせず帰るつもりですか、お客さん」

一応メニューのようなものもあるため、出してみる。

「飲み喰いできるんだな」

「料亭ですから」

突き出し程度のものなら食べるのだろうかと思い聞いてみたが、男は首を横に振った。

「俺の口に合う酒もここにはないな」言ってメニューを閉じて畳の上に置く。

「おっしゃってくれれば、うちの曳き子が調達してきますよ」

まさか二度目があるとは思っていなかった門倉は、自分が心躍らせていることに気づいた。これまでも男前の客はいたが、手を出さずに帰った者はいなかった。そして、ここまで雰囲気のある男というのもめずらしい。この男を包む空気は、まるでそこだけが違う次元であるかのように感じる。

どんなふうに苛《いじ》められるかプレイに対して心躍らせることはあっても、客そのものに深い興味を抱いたことはなかった。

男がある日本酒の銘柄を口にすると、門倉は衝立の向こうに行き、階段の上から曳き子を呼んで男が所望する酒を手に入れてくるよう言った。特にめずらしくはないが、決して安くはない酒だ。曳き子が酒を持って戻ってくると、それを受け取って男のところに戻る。

座る瞬間、じっと足の爪を見られていたことに気づいた。

齢《よわい》三十四にしてはかさついた部分もなければ、靴ずれの痕《あと》や表皮の硬化も見られない。小指の爪まで形が整っていて、足にフェティシズムのある者などは、門倉の足に喜んで頬ずりし、足の指に唇を這《は》わせて指の間を舐《な》め回す。

門倉を二時間買い、その間ずっと足の指を舐めていた客もいた。

「一応商売道具なんでね、手入れはかかさないんだよ。金を取ってる以上はね」

「俺は何も言ってない」

「そうですか。てっきり褒めてくれてるのかと」

自惚《うぬぼ》れだったとは思えず、目を細めて笑うと男の目に浮かぶ侮蔑《ぶべつ》の色が濃くなる。

ああ……、とため息を漏らしたくなるほどの視線に、門倉はこのまま指一本触れられずに射精できるかもしれないなんて思っていた。ルイたちが聞いたら、きっとまたドMの変態と言うだろう。

「お客さん、名前くらい教えてくれませんかね」

「そうすることになんの意味がある。俺が本名を言わないかもしれないぞ」

「偽名でもいいじゃないですか。二度目ですから、いつまでもお客さんと呼ぶのもそっけないでしょう」

男は無視したかに思えたが、意外にあっさりと名前を口にする。

「手塚《てづか》だ」

「下の名前は？」

「贅沢《ぜいたく》な奴だな」

これ以上聞いても無駄だとわかり、偽名かもしれないそれを心の中で嚙《か》みしめる。

（手塚、か……）

無言で酒を飲む男の動きを視線で追い、しばらく互いに何も言わない時間が過ぎていった。けれども心地悪くはない。酌をし、酒を飲む。

突然、手塚が口を開いた。

「何かしゃべったらどうだ？」

「しゃべっていいんですか？」

「客商売だってのに偉そうだな」

挑発的な言葉だが、この程度で門倉は動揺しない。きたきたきた……、と胸を躍らせるばかりだ。

「俺みたいな公衆便所に話しかけられるのは迷惑かと思ってね」

「その程度のことしか言えないのか？」

今度は手塚が嗤う番だった。

（いいねぇ、そういう目は好きだよ）

蔑んだ目に、性欲を刺激される。その目に悦びを感じると言ったら、この男はどんな反応をするだろうか——想像したが、それはまたあとに取っておくことにした。

「なんで俺を指名するんです？」

「質問していいのは俺だけだ」

相変わらずな物言いに心地よさを感じながら、手塚の言葉を待つ。

「どうしてこんなところで働いてる？」

最初に来た時も同じ質問をされた。そんなに知りたいのかと、門倉は不思議だった。理由を何度も聞くほど、自分に強い関心があるようには思えない。

その時、隣の料亭から声が聞こえた。

『ぁあ……っ、ぁあ～ん、……ぁ……ふぅ～ん……』

手塚が声のする壁に、視線だけチラリと動かした。

壁越しに隣で客を取る声が聞こえてくることがある。長屋の構造上、どうしても声は漏れてしまうのだ。ここまではっきり聞こえてくるのはめずらしいが、随分とノッているらしい。

隣で男を取っているのは、門倉と同じＳＭを得意とする男だ。

きらめき通りにいてもいいくらいの容姿だが、見た目以上にＳＭの才能があるためここにいる。

本物のＳＭプレイもできるし、ＳＭっぽいプレイをしてみたいという客の要望にも上手に答える。おそらくこの通りで一番の稼ぎ頭だろう。

『旦那《だんな》様っ、ぶってくださいませ、旦那様……っ、もっといじめてくださいませ』

折檻を乞《こ》う言葉は、好奇心でＳＭプレイをしたいという客に向けてのものだ。

随分と仰々しい言葉を選ぶなと笑い、手塚がどんな反応を示すかその表情を窺った。しかし、視線はすでに膳のほうを向いている。

他人がセックスする声を聞いて性欲を刺激される客はいるが、聞こえていないかのような顔をしているのだ。この沈着冷静な態度はむしろ性的で、その奥に隠れた激しさを見たいと強く思わせた。

「どうして答えない？」

やはり隣から漏れる声は気にならないようだ。先ほどの問いを繰り返す。

「こういう生き方しかできないからですよ」

「躰なんか売らなくても、やろうと思えばまともな仕事はいくらでもあるだろう」

門倉はすぐには答えなかった。真面目《まじめ》に答えるべきか、適当にあしらうべきか迷ったからだ。ひと時の夢を売るのが仕事だというのに、自分の話をする必要はない。

『ぁあ……っ、ぁあ……ん！　あんっ！』

パンッ、と尻を叩く音まで聞こえてきた。かなり強く叩いているらしい。

隣の部屋の熱さとここの静けさとのギャップがあまりにありすぎて、不思議な気分だ。

手塚のほうはというと、あくまでも冷静を保ったままで猪口に手を伸ばす。酌をした。

（いやらしい手……）

長い指を見て、自分も隣の客のように手塚に尻を叩かれたいと強く思った。この冷たい目で見下ろされ、どこか艶のある声と冷静な口調で罵《ののし》られながら叩かれたい。

そんないかがわしい思いに囚《とら》われる。

「なぜ答えない？　まともな仕事を探そうと思わないのか。なんでもできるだろう」

「世の中を知らないボンボンに言われたくないねぇ」

「ボンボン？　俺がか？」

「少なくとも俺からはそう見えるけどね。俺はね、この世に存在しないんですよ、お客様」

あえて名前では呼ばなかった。その意図がわかったのか、不敵な笑みを漏らす。

「幽霊だとでも言うのか」

「まさか。書類上の話ですよ」

「なるほど。無戸籍か」

世間知らずのボンボンかと思いきや、馬鹿ではないらしい。ますます気に入った。

スパンキングの音が、ますます激しくなっていく。パンッ、パンッ、パンッ、と肉をぶつ音と男の苦しげな喘《あえ》ぎが次々と流れ込んできた。

『——ぁあっ、もっと叱《しか》ってくださいませっ、ふしだらな僕を……っ、叱ってくださいませっ』

手塚は猪口を口に運び、ゆっくりと味わった。空になったそれに、また酒を注ぐ。ザルなのか、酒を飲んでも手塚は顔色一つ変えなかった。酔わせてみたいが、おそらく無理だろう。酒に飲まれる前に自制する。

「書類上はこの世に存在しない俺が生きていくには、それなりに汚れ仕事をしなきゃいけないんでね」

「言い訳だ。まともに生きる努力はしてないだろう」

「努力って言葉、嫌いなんですよ。それに、今さら戸籍を取って何かに守ってもらおうなんて思わないですから」

本音を口にすると、手塚が一瞬だけ口元を緩めたように見えた。見間違えたのか、それとも本当に笑ったのか——心が躍る。なぜなのかは、わからなかった。

「なるほど。不自由だが自由ってわけだ」

面白いことを言う。

門倉は、目を伏せた。

『ぁあ、もっと…、……もっとわたくしに罰をお与えください……』

平手で尻をぶつ音が一瞬消えたかと思うと、上ずった掠れ声が漏れてきた。

『はぁ……あ……ぁあ……ぁ……、……ぁぁああ……っ！』

挿入したな……、と思わずその様子を想像してしまい、隣の男が少し羨ましくなる。

手塚と目が合った。

その表情は理性的で、少しも動じていない。門倉のところに通ってくるからには多少なりとも男に興味があると思っていたが、そんなふうには見えなかった。

ますますここに来る理由がわからない。

「気にならないんですか」

「何がだ」

「隣ですよ。聞こえてないってことはないんでしょう？」

隣から漏れる音にあまりに無関心なものだから、思わず問うていた。なぜかわからないが、負けた気がする。

『あんっ、あんっ、あんっ、あんっ、あんっ！』

リズミカルに喘ぐ声が、門倉たちのいる部屋の空気を揺らした。

「ああ、あれか。別に男が男に抱かれてるだけだろう」

まるで野良猫の交尾にでも出くわしたかのような言い方だ。

「お前も好きなのか？」

「ぶたれるのがって意味ですか？　それとも尻に挿入されるのがって意味ですか？」

「どっちもだ」

「どっちも好きですよ。試してみます？」

「その必要はない」

冷たくあしらわれ、自分が癖になっていることに気づく。もともとマゾの気が強いが、これまでにないくらい手塚に虐げられたがっている。

（ああ、一度でいいからぶたれたい）

そんな本音が口をついて出そうになった。かろうじて呑《の》み込んだが、言ったらそれはそれで面白かった気もする。

結局、その日も手塚は門倉を抱くことはなかった。


手塚と初めて会ってから、一カ月が経とうとしていた。

手塚のことはルイたち以外のさして親しくない者の中でも噂になっているようで、時々あまり馴染みのない顔にまで声をかけられた。金は払うのに手を出さない客は、好奇心の強い者にとって格好の餌食《えじき》だろう。「純愛だ」「愛されてる」とからかう者までいた。

　さすがに本気にするほど世間知らずではないが、なぜ手塚が自分のところに通うのか疑問は残る。そして、手塚が感情的になるところを見てみたいという気持ちは、ますます大きくなっていった。興味が抑えられない。

「ねぇ、今夜は来るかなぁ。最近よく来てるでしょう?」

「何を期待してるんだ」

「期待するよ～」

　ルイの部屋に遊びに来ていた門倉は、出されたレアチーズケーキと紅茶を堪能《たんのう》していた。甘さ控えめでブルーベリーソースをかけて食べるのだが、これがたまらなく美味しい。ルイの手作りお菓子に出会うまでは甘いものなどさして興味がなかった門倉だが、自分は甘党だったのかもしれないと思うほど今はよく食べる。

「そろそろ飽きてくる頃だろ。指一本触れずに酒だけ飲んでいくなんて、どう考えてもおかしいでしょ」

「えー、そうかな。僕はそのイケメンにはとんでもない秘密がある気がする」

「なんだそれは」

「この掃《は》き溜《だ》めから壱っちゃんを救い出す王子様かも～」

見た目はおっさんでも心は乙女《おとめ》だ。門倉は自分にはまったくない発想をするルイに困った顔をした。そんなに期待されても困る。落胆するのはルイなのだ。

「金持ちの気まぐれってところだろう」

「そうかなぁ」

レアチーズケーキを口に運んだフォークを唇に当てたまま、ルイは考え込んだ。妄想しているのだ。少し目が潤んでいる。

「でもその手塚さん、何してる人なんだろ？」

「さぁねぇ。自分について何か話すような男じゃないよ」

「寡黙な男ってエロいよね」

「しかも指が長い」

ニヤリと笑うと、ルイは嬉しそうに頰を赤くする。

「ほんとっ!?　僕指の長い男大好き。ますますエロい〜」

あまりに喜ぶものだから、門倉は肩を震わせて笑った。

手塚が自分のことをこんなふうに噂されていると知ったら、どんな顔をするだろう。まるで毒虫でも見たかのような不快な表情を浮かべるのか、それともあの冷たい目で見下ろすだけなのか——。

最近、手塚のことを妄想することが多くなった。

「しかし、謎《なぞ》が多いよなぁ」

結局、下の名前も知らないままだ。

手塚すら偽名かもしれないのに、いつか名前を教えてくれても本当なのかすらわからないのに、聞きたいと思うのはなぜだろう。興味なんて抱くものじゃないとわかっていても、このところふとした瞬間に手塚のことを思い出してしまう。

こんなことは初めてだ。

「秘密に包まれた男かぁ。お金はきっちり払うのに壱っちゃんに何もしないなんて……目的が想像できなくて、逆に妄想してしまうなぁ」

いつまでもうっとりと妄想を広げるルイを尻目に、門倉はチーズケーキを平らげ、温《ぬる》くなった紅茶を口に運んだ。

「ごちそうさま。今日も美味しかったよ。なぁ、ところで三蔵は?」

「盆栽のイベントだって。嬉しそうに出かけたよ。そろそろ帰ってくる頃だろうけど」

「好きだねぇ」

朝から見ないと思ったらイベントなんて、随分と元気だ。三人の中で一番外出が多い。一緒に外出したこともあるが、足腰が強くて歩くのが速かった。とても見た目からは想像できないしっかりした歩きだったが、ここで男を取る仕事をしているのだから、それも当然な気がする。

「さて。そろそろ部屋に戻って仕事の準備でもしますか」

「そうだね。今日も稼がないと。あ、お皿は僕が洗っておくよ」

「ありがとな。いつも食べてばっかりで」

「何言ってるんだよ。僕はこれが楽しみなの！　いつか自分のお店持つのが夢だったから、こうしてケーキを誰かに振る舞うのがいいんだ〜」

ルイがここで働くようになったのは借金を背負ったからで、一番多いパターンだ。ルイの場合は一緒に店をやろうとしていた友人に、開業資金を持ち逃げされたと聞いている。もし友達に心があったら、ルイは今頃甘い匂いの漂うケーキショップで働いているだろう。人気のある店になったはずだ。

「じゃあな。ごちそうさま」

軽く手を挙げてルイの部屋を出ると、自分の部屋に向かった。歩きながら、手塚に言われた言葉を思い出す。

『言い訳だ。まともに生きる努力はしてないだろう』

まともに生きる努力――あんなことを言う人間がいたなんて驚きだ。こんな自分がまともに生きられるなんて、考えたこともない。ただの幻想だ。

もし門倉が努力するとすれば、自分のためではなく友達のためだろう。

パティシエとして修業をし、自分の店を持とうとしたルイや、盆栽が好きで盆栽のために躰を売っているような三蔵が足を洗って好きなことができるなら、したことのない努力とやらをしてみてもいいと思う。

その時、突然声が聞こえてきて門倉は足をとめた。奥の部屋からだ。

『いやだ、いやだ……っ、誰か……っ』

暴れているのだろう。揉み合うような音も聞こえてきた。だが、それもすぐに収まり、若い男のすすり泣くような声だけになる。

ほどなくして、それは違う響きを伴い始めた。

「あ～あ～、まだ日もあるってのに妖《あや》しい声響かせて」

まさかこの時間から始めるなんてと、少しばかり気の毒になる。

「そういえば、新しいのが来るって言ってたな」

おそらくここに無理やり連れてこられた者だろう。借金のカタに売られる者はいる。実の親が連れてくる場合もめずらしくはない。それが現実だ。

門倉は中野の部屋に向かった。

障子をそっと開けるが、中野がいつも座っている座布団には誰もいない。声は、その奥の部屋から聞こえてきた。

（かわいそうになぁ）

ドMの変態だと自覚のある門倉は、ここで働くことになんの抵抗もなかった。むしろ趣味と実益を兼ねたくらいに思っている。だが、そうでない者には苦痛だろう。

門倉は足音を忍ばせ、部屋の奥に入っていった。襖に手をかけ、一センチほどそっと開ける。中は昼間とは思えないほど薄暗く、布団が敷いてあった。

その上では、大柄な男二人に少年が押さえつけられている。一人は坊主頭で、もう一人は肩にタトゥが入っている。男たちの名前は聞いたことはないが、新入りをああして仕込んでいるのは何度か見た。

躰が大きいだけでなく、ナニも随分と立派だというのも聞いたことがある。

「やだ、やぁ、……お願い……っ、待ってくださいっ、いや……っ」

「いい加減に観念しろ。そんなんじゃ客は悦ばねぇぞ」

一人は頭のほうに膝をついて両手を布団に押さえ込み、もう一人は足を開かせて腰を入れている。まだ指で後ろをほぐしているだけだが、経験がないのか随分と苦しがっていた。濡《ぬ》れた音が絶え間なく聞こえていて、たっぷりと潤滑油を塗っているのがわかった。休みなくほぐしている。

何も知らないまっさらな躰にああして男の咥《くわ》え方を叩き込み、客が悦ぶ形にして商品にするのが決まりだ。ここでは、初物は売らない。

「ぁあっ、あっ、痛いっ、痛いよ、痛いっ」

「痛いわけあるか。こんなに濡らしてやってるんだぞ」

門倉は眉《まゆ》をひそめた。

思い出したのは、門倉がまだここに来る前のことだ。門倉も最初から気持ちよかったわけではない。初めてのあとは、自己嫌悪すら抱いた。

きっかけは、空腹だ。

耐えきれず躰を売った。初めての相手は酒に酔ったサラリーマンで、身なりのいい中年だった。初めてだと言うと十万円やると言われ、金に手を伸ばした。

それだけあれば、一カ月は空腹をしのげる。

門倉も最初からドMといわれるような趣味を持っていたわけではない。純粋だった頃もあった。ずっとずっと昔のことだ。

だが、生きるために躰を売ることを覚えた。誰に教わるでもなく、自らしたことだ。

尻で男を咥える痛みが別のものに変わったのはずっとあとで、そうなるまではつらいと思ったものだが、いったん開き直るとそのあとは早かった。男の味を知った躰は、自分でも驚くほど貪欲《どんよく》に新しいことを吸収し、慣れていく。

今ではすっかり汚れてしまったが、ここに足を踏み入れたばかりの者を見るとあの頃のことを思い出してしまう。

「いやっ、やめてください……っ」

「怪我したくねぇならおとなしくしろ」

「あ、あ、痛いっ、痛いっ、苦し……っ、……ぁあぅ……ぅう……っ！」

後ろに指を挿入されたようだ。苦しげに呻《うめ》いている。潤滑油を足され、さらに指を増やしていくのがわかった。手際がいい。挿入まであっという間だった。

しばらく暗がりで繰り広げられる倒錯を見ていたが、突然、怒鳴られる。

「おい、壱。見てんじゃねぇぞ！」

門倉は軽く肩を竦《すく》めた。

(あら、気づかれてましたか)

潔くスッと障子を開けて姿を見せる。

「ばれてました？」

「何してる？」

少年の躰を馴らしている男が腰を動かしながら振り向き、仕事の邪魔をするなとばかりに門倉を睨みつける。その間も激しく突き上げられる少年は、掠れた悲鳴をあげていた。

白い両脚は細く、まだ若いとわかる。自分は十八で初めて躰を売ったが、この子はきっともっと若いだろう。

「やぁ、ぁあっ、あっ」

顔をしかめて揺らされるまま声をあげる少年を眺めながら、穏便に言った。

「かわいそうに。もうちょっと手加減してやればどうです？」

「何言ってやがる。すっかりほぐれてるよ」

声が嗤っていた。

見ると、少年の表情が変わっていたことに気づいた。頬を上気させ、どこか虚《うつ》ろな目になって天井を見ている。ここでクスリは使わないはずだから、男たちの言うとおり彼の躰が行為に慣れつつあるのは確かなようだ。

「ほら見ろ。こっちもこんなになってきた」

中心を見せられ、なるほどと納得した。控えめな叢《くさむら》の中にあるのは、紛れもなく勃起《ぼっき》した男性器だ。パンパンに張りつめて、先端から先走りが溢《あふ》れている。

「いやぁ……いや、ちが……っ、……いや……」

「嫌じゃねぇだろう。じゃあなんだこれは。こんなに硬くしやがって」

「やめ、て……くだ、さ……」

「可愛いなぁ。お前は売れっ子になるぞ。ん？」

優しく頭を撫でながら今度はゆっくりと腰を回す。すると少年の口から信じられないほどの嬌声《きょうせい》が溢れてきた。

「ぁあ……ぁ、……ぅん……、……ぅう……ん、……んん……ぁ……あ……」

初めからこんなによがるのは、めずらしい。腕を押さえていた男は、すでに力を緩めていた。けれども、その手は自分を犯す男の肩に軽く添えられているだけで、押し返そうという意思を感じない。

「いいぞ、そぉ〜だ。上手だなぁ」

少年の声はさらに甘く、切なげになっていく。

跪《ひざまず》いているほうの男が、門倉を顎でしゃくった。

「ほらもう行け。仕事の準備をしろ。心配しなくても、男に抱かれる好さがこいつにもわかってきたってもんだ」

そのとおりだった。苦痛を感じていたはずの彼の表情に、もはやそれは浮かんでいない。

「すみません、歳喰うとお節介になるもんで。特に若い子はね、心配だから」

自分の出る幕ではないとわかると、素直に踵《きびす》を返した。

(余計なお世話だったか)

なぜわざわざこんなことをしたのだろう。不思議に思いながら廊下を歩いていく。

「あの子も俺みたいなドMになるのかねぇ」

艶《なま》めかしい声が一緒に遊ばないかと誘っているように、背後から門倉を追いかけてきた。

その日の門倉の相手は、何度もここに通う常連だった。

メタボリック症候群なのは間違いないだろうというビール腹で、頭はすっかり寂しくなっている。言葉で責めるのが好きらしく、門倉と相性はよかった。自分の躰が醜く脂肪を貯め込んでいることをちゃんと自覚しているうえに、それが男同士の行為をより浅ましくすると知っている。

いつも芝居じみた台詞で門倉を責めるのだが、門倉も嫌いではない。ここは夢を売る場所だ。たっぷり夢を見ていってもらったほうがいい。

そして何より、常連の相手というのは何を求められるのかある程度わかっているため楽だった。

「ええ格好や。壱、お前は妙な色気がある。その辺の若いのにはない淫靡さっちゅーもんが漂うとるんや」

後ろ手に縛られた門倉は、布団の上に俯《うつぶ》せにされ、尻の穴を弄り回されていた。指を挿入されてもう二十分が経つ。柔らかくほぐされた蕾《つぼみ》に椿油《つばきあぶら》を塗り込められ、それが内股《うちまた》を伝って膝まで濡らしていた。

ダラダラとだらしなく零《こぼ》している。

「……っく、……はぁ……っ、……ぁ……っく」

「ええ顔になった。もっと可愛がってやろな？」

常連はいつものねちっこさで門倉の尻を撫で回しながら、唇を這わせてきた。

この男はいつも早漏気味で、挿入するとあまり長くは持たない。だが、その分前戯がしつこくて、いつまでも指を使って門倉を責め続ける。しかも、言葉で責めるのも好きらしく、いかにもといったことを口にする。

「どや？　もう十分ほぐれたやろ？　せやけどなぁ、お前のここはもっと焦《じ》らして苛めてくれって泣いとる。ほら、聞こえるか？　いやらし～音がしとるやろ」

わざと音を立てて後ろをほぐす常連に、門倉は腰を反り返らせて尻を突き出してみせた。艶めかしく腰をうねらせると男が悦んだのがわかる。

さらに深く指を挿入され、奥を掻き回される苦痛に門倉はすすり泣いた。

「そうや、思い出した。ええ話を聞いたんや」

「……いい、話って……？　……ぁあ……っ」

「お前を買っときながら、指一本触れずに帰る客がいるそうやな？」

手塚のことだ。

まさか尻を弄られている最中に、あの男のことを口にされるとは思っていなかった。

そのことを教えたのは、おそらくここで働く誰かだ。おしゃべりな奴だと思うが、この常連は他の客の話を聞いて本気で嫉妬《しっと》するタイプではない。むしろ門倉が自分以外の男にどんなことをされたのか興味を持ち、気分を高揚させる。

手を出さずに帰った客がいるとなると、今夜はたっぷりと虐げられるだろう。

「誰に、……聞いた、ん、です……、……ぅう……ふ」

「噂っちゅーもんは、自然に入ってくるもんやで？　酔狂な奴もおるもんやな。その客に惚れたんとちゃうか？」

指を三本に増やされる。苦痛に襲われるが、躰を熱くしてしまうのはいつものことだった。

「まさ、か……、……ぁあ……ぁ、そんなに、広げ、な……っ、……そこ、は……っ」

「昔はなぁ、遊女に恋をして他の男に触れさせせんために、毎晩通ったっちゅー世間知らずのボンボンがいたなんて話もよーあった。遊女と世間知らずのボンボン。いい組み合わせや」

手塚を意識しながら弄られるのは、普段と違う気分だった。

他の客のことを考えながらセックスをしたことはない。それほど心に残る客がいたこともなかった。買われている時間は、相手の望みに応《こた》えることに集中する。

だが、どんなに拭《ぬぐ》おうとしても、手塚のあの冷たい視線が心から消えない。

「ええ顔や。虐げられることが好きなお前は、経験不足の若い男じゃ満足せんやろ？　お前を満足させられるのは、わしみたいなえげつない趣味持っとる男だけや」

「そう、です……、……その、とおりです……、だから……ぁ……」

「こうか?」

「そう、そう……」

半分は演技だが、常連の言うとおり半分は長年この仕事をして植えつけられた被虐によるものだった。相手が誰でも躰は反応する。無理を強いられるほどに、倒錯が門倉を襲ってくる。

冷たく自分を見下ろす手塚の顔が脳裏に浮かんでいるのもいけない。あのサディスティックな視線は、門倉の奥に潜む獣を刺激するのだ。

すっかり汚れてしまったと実感する。

その時、一階で何やら揉める声がした。

曳き子と客だろうか。ほどなくして、荒っぽい足取りで階段を上がってくる音が聞こえた。

思わず身を起こし、目に飛び込んできたものに息を呑む。

手塚だ。

「お客様、困ります。勘弁してくだせぇ」

曳き子がとめようとしているが、手塚はまったく取り合わなかった。衝立を押しのけてずかずかと中まで入ってくる。

「なんや? 人のお愉《たの》しみ中に無粋なやっちゃのう」

常連は突然の乱入にもかかわらず、動じた様子はなかった。むしろ自分たちの行為を見せつけようとしているように、堂々としている。そして手塚も、男同士のセックスを見ても顔色一つ変えなかった。門倉が尻を突き出して俯せに寝ているのも、見えていないかのようだ。

こういう場面に遭遇した時、人が見せる反応は大体二種類だと相場は決まっている。汚らしいと眉をひそめるか、またはエロティシズムを感じて顔を赤くするかだ。だが、そのどちらの反応も見せない。

猫の交尾に遭遇したかのような顔をしたあの時——隣の部屋からスパンキングの音やぶってくれと懇願する男の声が漏れてきた時も、こんなだった。

「驚いて声も出ぇへんか？」

手塚は自慢げな常連の挑発にも無反応だ。自分よりずっと年上の男を冷めた目で見下ろしながら、スーツの内ポケットに手を入れる。

「見せろ」

「なんやて？」

「あんたらのセックスを見せろと言ったんだ。見物料は払う」

放り投げられたのは、金だった。三十万くらいはあるだろうか。長財布の中に入っていた金を数えもせず、適当に摑《つか》んで叩きつけた。失礼極まりない。さすがだ。

常連は怒り出すかに思えたが、その逆だった。

「もしかせんでも、金だけ払って指一本触れていかん客というのはあんたか？」

手塚は肯定しなかったが、表情で察したようだ。調子づいた声で言う。

「ええやろ。その金は貰とこ。兄さん、よぉ見とり」

その権利を手にした手塚は、膳の横の座布団に胡坐をかいて見物を始めた。

それから残り一時間半。

時間いっぱい、手塚は二人の行為を眺めた。観客がいるからか、前戯はいつも以上にねちっこく、声を漏らすまいとしても次々と溢れてしまい、常連を悦ばせた。

この常連には今まで何度も買われたが、ここまで愉しんだのは初めてだろう。

いつもは歳相応のねちっこいセックスだが、今日はそれに加え若者のような興奮とギラついた欲望を露《あら》わにして門倉を犯したのだ。

それを手塚に見られる恥辱といったら……。

セックスを見られることに抵抗はなかったが、二人の行為に露ほども興奮した様子を見せない手塚の視線はいけない。あれは、危険だ。

これまでに抱いたことのなかった倒錯に身を沈めたのは、いつも以上にしつこかった前戯のせいではない。手塚の視線に晒《さら》されていたからだ。これほどまでに昂《たかぶ》るものかと驚くほどで、長年この街で躰を売ってきた自分が今さらこんな体験をするとは思っていなかった。

手塚に視姦《しかん》されながら、躰にでっぷりと脂肪を蓄えた男に尻を犯される――。

門倉のマゾヒズムを満たすには、十分すぎるシチュエーションだった。

時間が来ると、常連客は満足した様子で乱入者であるはずの手塚に礼を言って帰り支度を始める。

「時間や。兄さん、今日はぎょうさんいい思いさせてもろた」

まるでチャーシューでも仕込んでいるかのようにスラックスのベルトをギュッと締め、常連は上着を手に取った。そして、すれ違いざまに手塚の肩を軽く二回叩いていく。

階段を下りていく足音が聞こえなくなるまで、門倉は動くこともできず布団の上に横たわっていた。男が放った白濁を下半身に浴びているが、拭う余裕すらない。

「おい、いつまで寝ている」

手塚の言葉に、さすがにムッとした。

こんなふうに乱入されるのは好きではない。覗きが好きな客に覗かせてやるのとは、わけが違う。これはルール違反だ。

門倉は、ゆっくりと身を起こした。下半身に上手く力が入らない。

「突然入ってきて、それはないでしょう」

曳き子が階段を上がってくる足音が聞こえた。

ようやく手塚から解放されるのかとホッとするが、門倉の思惑は外れる。姿を見せた曳き子に、手塚はとんでもないことを言い出すのだ。

「一晩いくらだ？　今からでも買えるんだろう？」

「ちょっと待ってくれよ」

「客がいくらだと聞いてるんだ。それとも売れないのか？」

曳き子に目で「断れ」と訴えたが、金になる客をそうそう追い返すはずがない。曳き子は一晩の金額を手塚に耳打ちする。

門倉は背中を丸めてため息をつくと、前髪を掻き上げた。

「俺、躰もまだ洗ってないんだけど。他の客のザーメンをたっぷり浴びたまま、話し相手になれっての？」

「客がいいと言ってるんだ。お前に拒否権はないぞ」

曳き子は「言うとおりにしろ」とばかりに小さく頷《うなず》き、階段を下りていく。

裏切り者……、と心の中で恨み言をつぶやいたが、観念するしかなかった。今さらじたばたしても意味はない。

「あんた悪趣味だね」

門倉は、挑発的に嗤った。この傲慢《ごうまん》さにはさすがの門倉も苛立《いらだ》ちに似た思いを抱かずにはいられない。そして、腹立たしく思うのと同時に手塚がいつもの手塚とは違う気がして身構える。

門倉の勘は外れてはいなかった。

いつもなら座布団の上で胡坐をかいて酒を飲むだけの手塚だが、今日はスーツの上着を脱ぎ捨てて近づいてくる。そして、長い指をネクタイの結び目に入れて緩めた。

その仕草はたまらなく色っぽく、目の前の男がこれまで隠していたものをさらけ出そうとしていることに気づく。

(マジですか……)

後退《あとずさ》りしたくなる相手など、今までいただろうか。

「どんなサービスをしてくれるんだ?」

「……なんでも」

かろうじて答えたが、自分でも信じられないほど動揺していた。この男が自分に手を触れるなんて思っていなかった。

到底叶《かな》わぬ願いが叶う時のような気持ちになっているのは、なぜだろう。

まさか自分が手塚に抱かれたがっていたとは思えないが、違うとも言いきれない。手塚という男に反発する気持ちを抱きながらも、その実、躰を疼かせていたのか——。

門倉は、これから見せられるものに期待を抱かずにはいられなかった。

手塚は容赦なかった。

前の客が放っていった白濁など気にならない様子で、門倉の躰を弄り回している。両脚を左右に大きく開かされ、それぞれ右の手首と足首、左の手首と足首を縛られた門倉は、なす術もなくその冷たい視線にさらされていた。

つい先ほどまで別の男に嬲《なぶ》られていた屹立《きつりつ》や勃起した男のイチモツを咥え込んだ場所は、まだ足りないとばかりに手塚のお仕置きのような扱いに噎《むせ》び泣いている。

道具にされているような気持ちになり、そんな扱いにゾクゾクしていた。

「ぁ……あぁ……、……ぅ……っふ、……ぅ……う……、……ん……っく」

「男もこんなふうに濡れるんだな」

勃起したものの先から次々と溢れてくる蜜《みつ》を見て、手塚は口元を緩めた。

「どんな気分だ？」

わざわざ聞いてくる手塚は、これまでいたどんな客よりもサディスティックだった。

弄られるほどに熱くなる股間《こかん》や蕾とは裏腹に、手塚の態度は冷たい。自分だけが熱くさせられることへの屈辱が、門倉の躰をより敏感にしている。

また、無理を強いるような手塚の執拗《しつよう》な愛撫《あいぶ》は、門倉の被虐心に火をつけた。

男とのセックスを知らない客や若い客に無茶をする者が多いが、彼らとは違う。ただ闇《やみ》雲《くも》に荒っぽいことをしてくるのではなく、快楽を得られる痛みがどんなものか知っているようだった。

苦痛が与える愉悦というものを、そしてこれ以上痛めつければ興ざめするというギリギリのラインを心得ている。

男を相手にするのが初めてではないのではと、疑ったくらいだ。

「虐げられて悦ぶのは本当らしいな」

「……っ、……っく」

「違ったか？」

むしろそれを誇示していたのは門倉のほうだというのに、指摘されて急に恥ずかしさに似た思いを抱いていた。どんな格好をさせられても、どんな屈辱的な言葉を浴びせられても、こんなふうに心の底から恥じらったことはない。

（なん、で……っ）

これまでの手塚は、いったいなんだったのだろう。本当に信じられない。

「ぁあ……ぁ、……ぅ……ん、……はぁ……っ」

見ないほうがいいと思いながらも、門倉は手塚の手に視線を遣らずにはいられなかった。

クールな男の長い指が他の男を咥えたばかりの自分の蕾を弄り回している様子は、筆舌に尽くしがたいほどエロティックだ。

上着を脱いだだけで着衣のままでいるのも、そのことに拍車をかけていた。

清潔感のある白いワイシャツと、知的だとすら感じる男らしい手――。

こんな混沌とした街で、男を相手に誰にでも躰を売る自分の尻をその手が弄り回している事実に昂ってしまうのだ。

美しいものを汚したような高揚。

いや、美しいものに汚されている気分と言ったほうがいいのかもしれない。

手塚という理知的な男の存在により、己の浅ましさが、汚れた姿が、より鮮明に浮き彫りにされていく。

軽い混乱を覚え、門倉の躰はどんどん熱くなっていった。これまで信じて疑わなかった自分の姿が、違うものに見えてくる。

恥じらう心など、とうに失ったと思っていたのに――。

「ぁあぅ……っ、……ッふ、……ぅ……ん」

門倉は、手塚の指に翻弄《ほんろう》されるばかりだった。

ずっとこれを望んでいたのかもしれない。自分を抱いていかない客を前に、本当はずっと飢えていたのかもしれない。

そんな思いに見舞われながら、絶え間なく注がれる愉悦をひたすら貪《むさぼ》るだけの時間が過ぎていった。熱い吐息に自分の本音が混じろうとも、取り繕う余裕などない。

「こっちは十分ほぐれたぞ。前にも欲しいか？」

聞かれ、答えようとするが、あまりに巧みな指使いに言葉にならず喘ぎが漏れただけだ。それを見てどう思ったのか、鼻で軽く笑い、門倉の中から指を抜いて立ち上がった。

「おい、客引き！」

階段のほうに声をかけると、曳き子が気づいて階段を上がってくる足音が聞こえる。衝立の向こうから声をかけられた手塚は、いったんその場を離れた。曳き子とのやり取りの内容は聞こえなかったが、何を話しているかなんて想像がついた。

料亭が淫具を用意しており、金さえ出せばその場で購入できることは曳き子が最初に伝えている。

「お前、なんでもやるらしいな」

門倉は、虚ろな目で手塚を見上げた。

答える前に曳き子が再び階段を上がってきて、手塚に道具を渡す。上品にも風呂敷に包まれた箱の中身は、とても品のいいとは言えないものだ。

「なんでも……しますよ……、お望みなら……っ」

「こういうのを使うのは初めてだ」

手塚は包みを開け、中から尿道に挿入するための専用の器具を取り出す。これまで何度も使われてきたものだ。慣れている。

「お前の躰がどこまで仕込まれてるか見てやる」

「やり方、知って……るん、ですか……」

手塚にそういう趣味があるようには見えず、挑発的に言った。世間知らずだとからかったつもりだが、手塚はその程度で気分を害するような男ではなかった。

「知っているわけがないだろう。だが、聞いたことはある」

後ろに回り込んだ手塚が跪いたのが気配でわかり、すぐ背後に感じるその体温に心がざわついた。門倉を後ろから抱くような格好で膝を立てて座られ、足首の下に足を入れられて両側に大きく開かされる。

中心に伸びてくる手に、門倉はゴクリと唾《つば》を呑んだ。

「穴は穴だ。こういうのを垂らして滑りをよくすればいいんだろう？」

「その、とおり、ですよ、……っ」

屹立にジェルを垂らされ、勃起したそれはヒクリとなった。顕著な反応に手塚が喉の奥で嗤ったのがわかる。

「なんだ、これだけで感じるのか？」

耳元で聞かされる声は、今まで聞いた手塚の声の中でひときわサディスティックだった。

少しは興奮しているのか、どことなく声が掠れて聞こえる。囁《ささや》かれた声というのは、普段聞くそれと違って何やら意味深でいけない。好きなのだ。門倉は、こんなふうに耳元で揶揄《やゆ》されると燃えるのだ。

そして、耳にかかる吐息。

その熱い吐息を吐く唇で愛撫されてみたい――そんな欲望すら呼び起こし、門倉は欲しくて欲しくて、強烈な飢えに自分を見失いかけていた。今まで指一本触れてこなかった男が、今こうして自分を嬲っているのだ。

そう思うだけで、門倉は言葉にしがたい快感に身を震わせる。

オアズケが長かったぶん、与えられた時の悦びたるや――。

「これはどう使うんだ？」

曳き子が準備した尿道を責める淫具の中には、単に挿入するだけの棒状のものや、それに一センチ間隔でくびれがついていていてより刺激を与えられるもの、そして管になっていて尿道を広げたまま射精できるものもあった。手塚がどう使うか聞いてきたのは、中でも上級者向けのものだ。

管状になったステンレスの棒の表面には凹凸があり、その先端には小さなリングが連なった鎖状の部分が三センチほどある。その先には、大きなリングがついていた。尿道に管を挿入したあと、先端の大きなリングを亀頭に装着して抜けないようにする。

きつめのリングにくびれを刺激されつつ、尿道を広げられたまま射精できるという代物だ。

「なるほど。こんなもの誰が考えるんだ」

人の欲を満たすために考案された淫具を見て呆れるように笑う手塚に、またこれまで感じたことのない羞恥《しゅうち》に目覚めた。

「——ぁあ……ぁ……」

勃起した先端の小さな切れ目に淫具の先をあてがわれ、ズ……、と挿入される。表面の凹凸に尿道が刺激され、幾度となく客に同じことをされてきた門倉の躰は慣れた刺激をすぐに快感に変えた。

痛みと快感は似ている。

「ぁ……っく、……ぅう……ッふ、……ん……ぁ……あ……」

「へぇ、入るもんだな」

ゾクゾクした。目の前で、手塚がものめずらしそうに門倉の屹立を弄《もてあそ》んでいる。

長い指は、とてつもなく器用だった。敏感なくびれを刺激しながら、どんどん奥へ入れていく。中から責められる圧迫感に、門倉は膝を震わせながら快感を味わっていた。

「ぁ……ぅ……っ、……ん……ぁ……あ」

「こんなところに異物を挿入されてよがるのか、お前は……」

「ぁあっ！」

ズズ、と奥まで挿入され、ひときわ大きな声が漏れた。それを見てどう思ったのか、手塚は鼻で軽く笑ったあと、リングにジェルを塗って亀頭に通そうとする。しかし、そう簡単には入らない。半ば無理やり装着される。

「……ぁ……っく！」

無理を強いられるほどに、被虐の血が沸き立つのを感じた。屹立のくびれに、ステンレスのリングが装着されているさまは卑猥《ひわい》だった。きつく縛られて喰い込んでいるようで、赤く色づいた先端はパンパンに張りつめていた。

「しゃぶれ」

手塚は立ち上がり、門倉の手足の拘束を解くとスラックスのベルトを外す。そして、下着をずらして中身を取り出し、手で扱《しご》いた。勃起したそれを目の前に差し出されて、思わず貪りつくように口に含んでしまう。

「うん……っ、ぅ……う……ん」

牡《おす》の匂いに刺激された。

手塚の前に、こんなふうに跪いて口で奉仕することになるなんて思ってもみなかった。

中心は硬く、そして大きかった。反り具合もいやらしい。いつも身に着けている武装を少しだけ解き、門倉の前にその隠れた牡の姿を晒しているのだ。

自分の舌でその表情に熱情を浮かべさせたいという強い欲求に突き動かされ、舌を使う。けれども、手塚を翻弄したいと思うほど自分が不利になっていくのもわかっていた。どんなに奉仕しても、自分以上に手塚が乱れるとは思えない。躰は十分すぎるほど反応しており、肉体的には快感を得ているのも間違いないが、手塚には余裕がある。

そして、人を跪かせることがこれほど似合う男は見たことがなかった。

門倉を見下ろす手塚の目は生まれながらのサディストで、その視線に晒されているだけでも感じてしまう。

「なんだ、もうこいつが欲しいのか」

「……挿《い》れて、くれるん……、ですか……、……ぅん……っ」

「欲しいと言ってみろ。そしたらくれてやってもいい」

「ほし……っ」

「ふん、堪《こら》え性《しょう》のない奴だな。さっきの男に散々突っ込まれたんじゃないのか」

そう言ってクッと嗤ったかと思うと、口の中のものを取り上げられる。そして、布団の上に押し倒されてあてがわれた。

(あぁ……、信じられない)

まさか自分の中に手塚が入ってくるなんて、想像もしていなかった。目の届くところにいるのに、決して触れられないものだと思っていた。

「ぁあ……っ！」

一気に貫かれ、掠れた声を漏らす。

「なんだ、ゆるゆるじゃないか」

「……ぅ……っく」

「俺の目を見ろ」

襟足を摑まれ、顎をのけ反らせるようにして視線を合わせた。

「お前は俺に買われてるんだ。俺を愉しませるんだよ。お前が、俺を」

「わかって、ます……よ、……」

「だったらもっと締めろ」

門倉は、言われたとおりにした。尻に力を入れ、手塚を喰いしめる。

「そうだ、できるじゃないか。締まってきたぞ」

「んぁ……あ……ぁ……」

腰をやんわりと前後に動かされ、門倉の尻は痙攣《けいれん》したようになった。出し入れされるたびに悦びに噎《む》せ、締めるのを忘れそうになる。けれどもこれは奉仕だ。門倉が奉仕するほうなのだ。自分の欲望を満たすために、それがおろそかになってはいけない。

金を貰っている。

何度もそう言い聞かせた。そうしないと、溺《おぼ》れてしまいそうだ。

「三十半ばになってこんなことをして稼いでるのか。よっぽど男が好きなんだな」

「ぁ……あ……ぅん……、……っく……、……はぁ……っ」

腰を使われ、何度も我を失いそうになる。

手塚の顔に熱情らしきものは浮かんでいなかった。ただ蔑むためだけにこうしているような、そんな冷たさすら見え隠れしていた。けれどもそれは、門倉のような嗜好の持ち主にはたまらない。

もっと蔑んで欲しい。もっと冷たい言葉を浴びせて欲しい。

「否定しないのか？」

「その……ぁ……あぁ……、とおり、ですよ……、男に……抱かれるのも、……ぶたれるのも、好きですよ」

「ぶって欲しいのか？」

ぶって欲しい――そう口にしようとしたが、やめた。

そうして欲しかったが、手塚は客だ。自分が手塚を買ったのではなく、手塚に買われたのだ。

「ふん、黙ってても顔に書いてあるぞ」

「それは……ッ、……ぁあ……、……すみま、せ……、……客は、あなた……、だから……っ」

「意地を張るな。俺を愉しませようなんて思い上がるなよ」

「あ……っ」

いきなり出ていかれ、俯せにされると後ろから容赦なく挿入される。そして、平手で尻を打たれた。パンッ、と音が響いただけでイきそうになり、尻がキュッと締まる。

「とんだ淫乱《いんらん》だな。こんなマゾ尻は女でも滅多にいない」

蔑まれながら何度も後ろを犯され、何度もぶたれ、門倉は天国を味わった。


門倉を抱いた手塚は、帰りのタクシーの中で窓に映る自分の顔を眺めていた。ネオンの消えかかった夜の終わりの景色が、次々と通り過ぎていく。

抱くつもりはなかった。それは確かだ。セックスをするつもりで門倉に会ったことなど、一度もない。抱きたいと思ったこともなかった。

それなのに、なぜ今夜はあんなことをしたのか——。

舌打ちしたのは、自分の感情を把握できていないからだ。

布団の上で乱れる門倉の姿が、頭から離れない。

「なんだっていうんだ……」

苛立ちを隠せず、思わずそうつぶやいてしまう。

今日あの街に行き、いつもの曳き子に声をかけた。すると、門倉は客を取っている最中であと二時間は躰が空かないと言われ、いったんは帰ろうとした。けれども、二階から悲鳴にも似た喘ぎ声が聞こえたのだ。

もしかしたら、別の部屋だったかもしれない。けれども、その妖しげな声に門倉が客を取っている姿を想像した。そして、見たくなった。

それは自分でも驚くほど強烈に突き上げてくる欲求で、曳き子に止められようが気にしなかった。ただ見たいという思いのまま、門倉が客を取っている二階の部屋に上がったのだった。

そして、目に飛び込んできた光景――。

門倉は、恥ずかしげもなく客に向かって尻を突き出していた。相手は醜く太った中年の男性で下品な言葉で門倉を責めていた。それを目にした時、抱いたのは嫌悪感ではなく、不思議な感覚だった。いけないものを覗いているような、妙な高揚。

門倉は自分より年上の、躰を売るには薹《とう》が立っているだろうと言いたくなる男だ。けれども、若さがないぶん淫靡だった。

その躰は細く、豚のように太った躰の下では虐げられる者の卑猥さが際立っていた。料亭の雰囲気も手伝っていたのかもしれない。

現実を忘れてしまうような街並み。料亭の中も、現代とは思えない造りになっている。二階は畳の部屋に布団が敷いてあり、灯りは行燈《あんどん》だ。

怪しげな雰囲気に呑まれるように、その世界に引きずり込まれた。普通でないもの、そして禁じられているものほど、試したくなる。

気がつけば、金を叩きつけて二人がセックスしているところを見せろと口にしていた。我ながらよくあんなことを言ったと思う。失礼極まりない。

けれども、門倉の常連はむしろ喜んでその申し出を受けた。そして、門倉の躰を知り尽くしているのは自分だと自慢するように、醜い躰で門倉を抱いた。門倉もまた、虐げられて悦んでいた。行為が終わって常連客が帰ったあと、自分でも信じがたい行為に出たのは、あの客以上に門倉を啼《な》かせたかったのかもしれない。

それからは、完全に自分を失った。

「探していた男があれか……」

門倉のところに来たのは、偶然ではない。あの料亭で躰を売っていると知って、わざわざ行ったのだ。しかも、探偵まで使って居場所を探した。

すぐに見つからず、門倉がここで躰を売っていると知るまで何年も費やした。探していることを、周りの人間に知られないようにもした。

それなのに、門倉がどんな男なのか知るにつけ、探すほどの価値のある人間ではなかったと思い知るばかりだった。

しかし、同時に深い興味を抱いてしまう。夜が来ると、門倉が今何をしているのか考えてしまうのだ。仕事での会食中だろうが、秘書と大事な話をしている最中だろうが、それは時を選ばず突然やってくる。

そもそもこうしてここぞと通っている理由がわからない。

もう行くまいと思っているのに、なぜかまた足を向けてしまう。

「探すのに金をつぎ込んだからに決まってる」

手塚は自分を納得させるために嗤い、まだ躰に残る門倉の熱を冷まそうとするように窓を開けて外から入ってくる冷たい風を浴びた。


手塚に抱かれてから、十日が過ぎていた。

あれから門倉は、手塚のことばかり考えていた。

なぜ自分を抱く気になったのか、理由はわからない。それまで一切手を出さなかったのが嘘のように、上級者とも思えるプレイで門倉を翻弄した。しかも、これまでは長くても二時間しか門倉を買っていかなかったが、あの日は一晩買うと言ってそのまま門倉を独占した。

いつも冷めた目で自分を見る男がさらけ出したのは、信じがたいほどの激しさだ。

あんな一面を隠し持っていたなんて、驚きだった。

「はぁ」

門倉は座卓の前に座り、だるく頬杖《ほおづえ》をついていた。

くたくたになるまで抱かれた躰に残ったのは、甘い疲労だった。それは、決して不快なものではない。散々無理を強いられたというのに、その時のことを何度も繰り返し思い出して味わってしまうのだから、自分はやはりただの変態だったんだと実感する。

(すごかった……)

十日経った今も、手塚の感触が後ろに残っているようだった。あれから何人もの客に抱かれたが、覚えているのは手塚の感覚だ。それほど何度も挿入された。

前も、後ろも。何度も、何度も……。

『ゆるゆるじゃないか』

あの言葉も、いけない。いつもとはほんの少し響き方の違う、微かに欲情を感じる声であんなふうに言われたら門倉のような男が昂るのは当然だった。あんなふうに揶揄されるのは好きだ。数えきれないほどの男に抱かれた躰を嗤われたのだ。

手塚の声は、今も耳にこびりついている。

本当に男は初めてだったのだろうか。ＳＭの経験はなかったのだろうか。

考えても仕方のないことを、門倉は延々と考えていた。

初めてのプレイであんな台詞を吐ける男など、そういない。根っからのサディストなのかもしれなかった。

（ああ、やばいな……）

寝ても覚めても手塚に責められた夜のことを思い出してはため息を零してしまう自分に、いい加減にしろと言い聞かせる。だが、その数秒後にはまた同じことの繰り返しで、頭の中は完全に手塚一色だ。

「壱っちゃん、さっきからため息ばっかり。どうしちゃったんだよ？」

「ん～？」

シフォンケーキを口に運びながらルイが聞いてくる。

ルイがいたことすら忘れてかけていた。その右隣に三蔵がいることも……。広げた新聞紙の上に盆栽を置き、鋏でパチンパチンと手入れをしながら思い出したようにシフォンケーキに手をつける。

「恋をしたんじゃろ？」

三蔵は何もかも見通したかのように言った。

「えっ、やっぱそう？　やっぱりあの手を出さないお客さんに恋しちゃったの？」

「違うよ。それに手は出された」

否定したが、説得力がないのは自分でもわかっている。

「ぎゃ～～～～っ。とうとうっ？　とうとう手を出されちゃったのっ？　なおさら恋だよそれっ！　とうとう手を出されてそれなら恋に決まってるよ。ドMの変態壱っちゃんがエロ男爵に恋しちゃったんだよ～っ」

ルイは目をキラキラさせていた。自分が恋をしたわけでもないのに、なぜそこまで浮かれるのか不思議でならない。

「何が恋だ。ただ疲れてるだけだよ」

「でも、今まででだってお客さん取りすぎた日もあったじゃない。その時はそんな顔してなかったよ？　今までと全然違う」

「違わないよ。あの男は底なしだ。あれに一晩つき合わされたらくたくたにもなるさ」

そう言って、残りのシフォンケーキを一口で平らげる。

「ん～、相変わらず旨い」

「もう、そうやって誤魔化《ごまか》す～」

そう言いながらも、門倉のカップが空なのに気づいたルイはすぐさま立ち上がった。

「紅茶お代わりいる？」

「いる」

「わしもいる～」

「じゃあ僕が淹れてきてあげるよ」

ルイは小さなキッチンで湯を沸かし、紅茶のポットを持ってきた。いつもはティーバッグだが、今日は少し贅沢をしようとルイが出してきたのだ。高い茶葉というだけあり、香りがすごくいい。

「で、よかったの？」

「ぶたれた」

「なんじゃ、ぶたれたんか。そりゃ燃えたじゃろ」

「燃えた」

素直な言葉に、二人は声をあげて笑った。男三人でこんな会話をしていたら顔をしかめる者も多いだろうが、門倉にとって二人は大の親友で、この時間は大事なものだった。

「そういえば今日はお母様の命日なんでしょう？　そろそろ出る時間だよ」

「え、もうそんな？」

時計を見ると、電車の時間が近づいていた。駅まで歩くことを考えると、あと五分が限界だろう。躰も疲れているため、急いで歩きたくない。出ることにする。

「わしの盆栽を飾れたらよかったんじゃがのう」

「気持ちだけ貰っとくよ。ありがとう」

墓に盆栽なんて聞いたことはないが、もし墓があったら当然飾らせてもらう。きっと母も喜ぶだろう。世間知らずで常識的な親ではなかったが、それがどんな形であっても他人の優しさは素直に受け取るような人だったのは覚えている。

「じゃ、行ってくるよ」

「行ってらっしゃ〜い」

「車に気をつけてな〜」

手を振るルイと三蔵に軽く手を挙げて応えると、料亭を出る。

最寄りの駅から電車で一時間。さらにバスに揺られて二十分。向かったのは海だった。

母親が亡くなった時、葬式は出さずに火葬だけして散骨した。まだ子供だったため、料亭のほうで全部手続きをしてくれたが、最低限のことしかしていない。

だから、命日には母の眠る故郷の海に行くことにしていた。実家は当然ないし、親戚《しんせき》がどこにいるかも知らないが、母に何度か連れてこられた。海は真夏でも人気がなく寂しい風景だが、門倉はなぜか母の故郷の海が好きだった。

だから墓参りの代わりに海でぼんやり過ごしながら母のことを思い出して帰るのだ。それが、門倉なりの母への供養だった。

バスが海沿いの道に出ると窓の向こうに大好きな景色が広がり、懐かしさに心が温かくなる。バスを降り、国道沿いを歩いて階段を下りて砂浜に出る。

今日は曇っていたため、人がまったくいなかった。

「少し寒いな」

海風に吹かれ、肩をすぼめる。海岸にある流木に腰を下ろし、海を眺め始めた。そうしていると、二人の子供を連れた母親らしき人物が歩いてくる。手を繋《つな》いでいたが、男の子たちはそれを振り払うと波のほうへ走っていった。

「ママ〜、早くこっちに来て！」

「お兄ちゃん待ってよ！」

「二人とも、あんまり海に近づいちゃ駄目よ。濡れちゃうわ」

「大丈夫。ほら、僕こんなに近づけるよ！　見て見て」

「僕も僕も！」

波が引くとそれを追いかけ、今度は波に追いかけられる。楽しげな声がグレーの空に響いた。

子供がはしゃぐのを見て、門倉は目を細めていた。

普通の母親とは言いがたかったが、門倉もあんなふうに母とこの海で遊んだ。無邪気だったのは門倉より母のほうではないかと思うほど、彼女も寄せては返す波に楽しげに笑い、小さな息子と一緒になって靴を濡らしたことを覚えている。

愛情だけはたっぷり注がれた。こんな仕事をしているし、戸籍もないが、母を恨んだことは一度もない。むしろ彼女の息子でよかったとすら思っている。願わくば、もう少し長生きしてくれたら、大人になった自分が親孝行できたのにと思う。

母が今も生きていたら、戸籍を取ってまともに生きようと考えたかもしれない。

『みんなで仲良く暮らしてる〜、壱っちゃんと〜お母さん』

門倉は、無意識に母がよく聞かせてくれた歌を口ずさんでいた。思いついたことをメロディに載せるだけの優しい歌は、いくつもある。

しばらく波と遊ぶ親子を見ながら母の思い出に浸っていたが、ふとあることを思い出した。

母が小さな男の子を連れてきた時のことだ。あの時、ここに一緒に来なかっただろうか。すぐに交番に連れていったと思っていたが、数日一緒にいたのかもしれない。あんなふうに遊んだ記憶がある。あの時の子かどうかわからないが、はしゃぐ母の他にもう一人、小さな男の子がいたことがあったのを思い出した。

『今日からみんな家族よ。一緒に暮らしましょう』

一人っ子の門倉のために、弟を作ってやりたかったのかもしれない。

おそらく男に捨てられただろう彼女に、もう一人好きな男との間に子をなすことはできなかっただろうから……。

（なんで思い出したんだろうな）

懐かしい記憶に包まれていると、頰を撫でる乾いた風も心地よく感じた。

「もう寂しくないよ、お袋」

ルイと三蔵がいる。今の生活は気に入っている。

楽しそうに遊ぶ母と小さな兄弟を見ながら、門倉は穏やかな気持ちになっていた。

3

母親の命日が終わり、再び街で客を取る日々が始まった。

これまでと変わらない日々だが、一つだけ大きな変化があった。手塚だ。

門倉を初めて抱いた日から姿を見せなかった手塚は、母の命日の翌日にやってきて再び門倉を抱いた。それ以来、頻繁に姿を見せるようになったのだ。そして、必ず一晩のコースを選び、朝まで門倉を独占していく。

いったい、どういう心境の変化だろう。

初めはSMプレイの道具も使い方をよく知らなかったが、今はすっかり慣れたもので教える必要はなくなった。むしろ上級者と思えるほどのテクニックで門倉を翻弄《ほんろう》する。

今日なんかは二人目の客を取っている最中にやってきて、残り十五分を買うと言って金を叩《たた》きつけた。こんなやり方を何度も許していいのかと思うが、早々と射精して残り時間を持て余していた客は、むしろ手塚の乱入を喜んでいたようだ。

自分が門倉を買うために使った以上の金を見せられれば、納得する者もいるだろう。用が済んでいるならなおさらだ。

金にものを言わせるなんて随分と下司《げす》なことだ。しかも、手塚の態度は他人に頼みごとをする時のものではなく、持て余した時間を買ってやると言わんばかりだった。

　ここまで傲慢《ごうまん》だと、むしろすがすがしい。

「……お客さん、ちょっと、……強引じゃないんですかね？」

　布団の上に俯《うつぶ》せになった状態の門倉は、畳の目を虚《うつ》ろな目で眺めながら言った。もう二時間も手塚の相手をしている。散々弄《いじ》り回され、散々突っ込まれてくたくただ。けれども手塚はまだこれからだといわんばかりの顔をしている。

　あちらのほうも、少し刺激を与えれば再びたくましく鎌首《かまくび》を持ち上げるだろう。

「もうくたびれたのか？」

「歳《とし》なんですよ。あんたみたいに、若くない」

「まだ三十四だろう。爺扱《じじい》いするには早い」

　クククッ、と嗤《わら》い、手塚は落ちていた門倉の着物を肩に羽織って膳《ぜん》の横に胡坐《あぐら》をかいた。そして、残った酒をちびちびとやる。

　手塚に自分の年齢を教えただろうかと思いながら、その様子を眺めていた。

　猪口《ちょこ》を持つ手をじっと眺めてしまうのは、美しいからだ。

　手塚は普段スーツに身を包み、性欲などなさそうな顔をしている。理知的でその武装は硬く、決して崩せぬ強固な理性で覆われているのに、いったんそれを脱ぎ捨てると驚くほど動物的になるのだ。

そして、門倉が好きな『人の素顔』を覗《のぞ》かせる。

金持ちも貧乏も、セックスをする時はみんな丸裸だ。金を持っていようがいまいが、その者が持つ本性を隠すことはできない。そういうところが、好きだった。

だが、手塚は躰《からだ》を重ねれば重ねるほど、そして本能の部分を曝《さら》け出せば出すほど、どういう人間なのかわからなくなる。丸裸にしたはずなのに、まだ何か隠している気がしてならない。

こんなことは初めてだ。

「なんだ?」

「別に、なんでも……」

「なんでもって顔じゃないぞ」

門倉が何を考えているかさして興味もなさそうに、手酌でまた酒を呷《あお》った。徳利が空になると曳《ひ》き子を呼んで酒を持ってくるよう言い、水でも飲むようにアルコールを流し込んでいく。

本来なら門倉が世話をするところだが、手塚は酌をしろなどとは言わない。長年この街で働いているが、こんなふうに粋に着物を羽織り、片膝《かたひざ》を立てて座る男など見たことがなかった。見惚《みと》れてしまう。

どうして俺を買うんですす——その質問を口にしたかったが、やめた。

買う理由など一つしかない。性欲を満たすためだ。

それなのに、手塚は他のどの客とも違う気がした。単にそう思いたいだけなのかもしれない。一度抱いてみたら躰の相性がよかったため、捌《は》け口《ぐち》にはちょうどいいと思い、通っているだけという単純な理由を聞かされるのがオチだろう。

自分にそう言い聞かせ、それ以上の理由を探したがる心にブレーキをかける。

客に何かを期待するのは、危険なことだ。

「俺がこんなところで男を抱くなんてな」

手塚が軽く嗤いながらポツリと零《こぼ》した。

自虐的な台詞《せりふ》にも取れるが、その言い方からはそういった感情は読み取れなかった。この男が、自分のしていることに疑問を抱くなんて考えられない。常に自信に満ちていて、迷いなどなさそうだ。迷うくらいなら、続けない。

手塚はそういうタイプの男だ。

「男は俺が初めてです？」

「当たり前だ。わざわざ好き好んで男なんか抱くか」

身も蓋《ふた》もない言い方に、思わず笑った。さすが手塚だ。こうでないと面白くない。

「何を笑ってる」

持ちを口にする。

言っていいものかと迷ったが、門倉の言葉などいちいち気にするとも思えず、素直に気

「いえ、別に。ただ……」

「そういうの、好きですよ」

思っていたとおり、手塚は軽く鼻を鳴らしただけだった。

静かな夜の空気に手塚が手酌で酒を飲む音だけがする。会話はないが、居心地は悪くなかった。加虐的ともいえる激しいセックスが門倉の見た夢のように、手塚は静寂をまとっている。あれほど熱かったのが、嘘《うそ》のようだ。

手塚が自分で飲んでいるのをいいことに、セックスの疲れを感じながら身を横たえていた。

そして、ふとこの男はいつまでここに通うつもりだろうと考えてしまう。

もし、料亭がなくなれば手塚と二度と会うことはなくなるだろう。手塚のことなど何も知らない。どこに住んでいるのか、どんな仕事をしているのか、何一つ知らないのだ。

贔屓《ひいき》にしてくれる常連にすら抱いたことのない疑問が、門倉を襲う。

手塚が普段どんなことをしているかなんて、興味を持つべきではない。もう何度も自分に言い聞かせてきたことだ。けれどもここにきて、その気持ちが以前にもまして大きくなっていることに気づいた。

聞きたい。

一度聞いてしまえば自分を抑えきれなくなりそうで、別の質問を投げかける。

「まだ飲むんですか？」

「心配するな。このくらい飲んだところで勃起《ぼっき》しないなんてことはない」

「そんな心配……してませんよ。それに俺、限界なんですけど……」

「買ったのは一晩だぞ。時間まではまだある」

本気か……、と手塚を見ると、余裕のある表情をしている。底なしなのは酒だけではないようだ。

「他の客がいる時に乗り込んできて……それはないでしょう。……俺たちにだって、休む権利くらい、ありますよ」

そう訴えるが、手塚には届かない。立ち上がって門倉のほうへ近づいてくる手塚の足を、ぼんやり見ていた。

くるぶしに色気を感じたことなど、これまでにあっただろうか。

もう勘弁して欲しいと思いながらも、そんなところに男の色気を感じて性欲を刺激されているのだ。世話はない。

手塚を前にしたこのところの自分が、門倉はわからなくなっていた。

反発しながらも、惹《ひ》かれずにはいられない。手塚に客に対する以上の興味を抱いてしまうのを止められないのだ。

「夜はまだあるぞ」

肩に手を置かれ、仰向けになるよう促されて従う。自分を見下ろす手塚の瞳《ひとみ》に吸い寄せられるように見つめ合い、近づいてくる唇に自分の唇を寄せた。

「……ぅん……っ」

口移しで酒を飲まされ、胃がカッとなる。

先ほど散々熱い時間を過ごしたのに、再び自分の奥にある火種がジリジリと燃え始めるのを感じた。収まったはずのものが信じられないほどの勢いで目を覚まし、門倉を内側から焼いた。

この熱は、いったいなんなのだろうと思う。

躰はくたくたなのに、湧《わ》き上がる欲望を抑えられないことなど初めてだ。

「……んっ、……んぁ……っ」

裸の胸を手のひらでゆっくりと撫《な》でられ、肌がざわざわと打ち震えた。鳥肌が立つが、嫌悪感とはほど遠い。胸の突起がツンと尖《とが》っているのがわかり、そこに刺激を与えられるとビクンと躰が跳ねてしまう。それをわかって、手塚はわざと焦《じ》らしては触れ、触れては焦らすのだ。そうされていると、自らの意思の届かぬところへ連れていかれる。

もう休みたいと肉体が訴えても、本能は逆のことを求める。与えられるものがあまりに甘美で、やめられないのだ。

まるで麻薬だ。

（ああ、やばい……）

身を起こし、手塚から下される命令に従おうとするが、意外なことに手塚は身を屈《かが》めて門倉の中心を口に含む。

「――ッ！　何……っ、して……」

「くたくたなんだろう？」

「だからって……あんたが、……ぁ……あ……、そんな、こと……する、必要は……っ」

喉《のど》をのけ反らせて息を呑《の》んだ。下半身が形を失って溶け出してしまいそうだ。

手塚の舌は巧みで、門倉を虜《とりこ》にする。

「んぁ……あ……ぁ……、……っく、……ぅ……」

前は舌で嬲《なぶ》られ、後ろは指を挿入され、無意識に腰を浮かせていた。求めずにはいられなくて、自分が奉仕するほうだというのにさらなる奉仕を乞《こ》う。

「ん……、……ぅ……んっ、……んんっ、……ッふ」

声を殺そうとするがそうするのにも限界があり、嬌声《きょうせい》は唇の間から次々と漏れた。取り繕う余裕すらなく、与えられる愉悦を余すところなく喰《く》らおうとする自分に呆《あき》れる。

「あぁ……、……ん……、……はぁ……っ」

疲れているのに。

休みたいのに。

何度も繰り返し、自制しようとするが無駄だった。しかも、門倉の抵抗を嗤うように手塚はとんでもないことを言う。

「またぶたれたいか？」

息を呑んだ。

「折檻《せっかん》されたいかと聞いたんだ」

「また……ぶって……くれるん、ですか……？　……っ！」

いきなり俯せにされたかと思うと、あてがわれ、強引に挿入された。そして、パンッ、と熱い音が、静寂を引き裂く。

「──ぁあ……っ！」

その瞬間、信じられないほどの快感に打ち震えた。尻《しり》が痙攣《けいれん》を起こしたようになり、締めつけてしまう。今夜は散々手塚に挿入されたのに、それでもまだこれほど体力が残っていたのかと思うほど自分が貪欲《どんよく》に求めているのがわかる。しかも、相手は手塚だ。

欲しい。もっと欲しい。

襲ってくる官能の中で繰り返すのは、そんな本音だ。腰で尻を打たれる音に触発されながら、ぶたれる被虐にも唇をわななかせる。

「こうだろう?」

「ぁあっ、……ぁ……ぅんっ、あっ、あっ、あっ!」

尻が熱を持ち始め、カッカしてきた。そこがどんな様子になっているのがわかる。まるでもっとぶってくれと言うように赤く色づいているだろう。

手塚もぶつことによって昂《たかぶ》ったのか、先ほどよりずっと激しく、獣じみたい息遣いで門倉を責めた。


なぜ、手塚は自分を抱くようになったのか。

抱いてしまった疑問に対する答えは見つからないまま、時間だけが過ぎていった。街を吹き抜ける風はますます冷たくなり、躰はいっそう人肌を求めるようになる。

その日、料亭が休みだったため門倉は一人で出かけていた。

カーキ色のカーゴパンツにリブ編みのタートルネックセーター。どこにでもいるようなごく普通のファッションだ。お洒落《しゃれ》でもなければ特別野暮ったくもない。色町で夢を売る仕事をしているようにも見えないだろう。

基本的に面倒臭がりで、外出しても近場で用件を済ませている。インターネットでも買い物ができるため、衣類などもほとんど通販で買っていた。着るものにあまりこだわりがないからというのもある。

しかし、今日はなんとなく出かけたくなり、普段は滅多に足を運ばないところまで出てきた。ずっと昔、行くところがなくて彷徨《さまよ》っていた繁華街もすぐ近くにある。

必要なものを手に入れると、門倉は大通り沿いの歩道を駅に向かって歩いた。

(平和だねぇ)

いつもあの街にいるからか、やたら活気があるように感じた。

門倉の生活圏とは雲泥の差だ。

昼間は寂れたシャッター街。夜になると異世界に迷い込んだような幻想的な風景。落差の激しい街だ。夜の衣装を脱ぎ捨てた途端、活気を失い、静まり返る。まるで糸を切られたマリオネットのように生気を失う。

門倉にとってあの風景が当たり前だが、本来はこちらが普通なのだ。

昼間も人通りがあり、騒がしく、雑多で忙《せわ》しない。道路からは絶え間なく車の走行音やクラクションの音が聞こえてきて、信号機からは視覚障碍者《しょうがいしゃ》用の音楽が流れてくる。

静かな瞬間というのが、まったくなかった。

滅多に触れない『普通』の中に身を置きながら、門倉はそれを味わった。自分もまた普通の人のような顔で歩いているのが、少しおかしい。

　そのまま駅に向かおうとしたが、ふと目の前にある大きな建物が視界に入った。門倉とは無縁の有名ホテルだ。以前、ルイがそのホテルの焼き菓子を嬉《うれ》しそうに持ってきたのを思い出す。

　パティシエを目指していたルイは、本当に甘いものが好きだ。よくお菓子を作ってくれるルイに土産《みやげ》でも買って帰ろうと駅には向かわず、そちらに足を向ける。

　エントランスから中に入ると、ふわりといい匂《にお》いがした。花の香りだ。全体的に高級感が漂っていて、こうして中を歩いているだけでも気分がいい。

（どこで買うんだ？）

　ロビーに入ったはいいが、焼き菓子を売っているところがわからず辺りを見回した。けれどもそれらしき店はない。スーツケースを引く外国人やビジネスマンらしき人物が行き来している。

　案内を見ると和食専門店や中華料理店など、いかにも高そうな店が入っているが、焼き菓子を売っていそうな店はなかった。ラウンジで買えるのかもしれない。

　そちらに向かおうとした門倉は、知った顔があるのに気づいて足をとめた。

（あ……）

　手塚だ。まさかこんなところで出くわすとは思っていなかった。ラウンジのほうからメガネをかけたスーツ姿の男性とともに出てくる。仕事だろうか。笑顔はなく、歩きながら何か話している。

踵《きびす》を返そうとしたが、そうする前に気づかれた。手塚もまさか門倉と偶然会うとは思っていなかったようで、微《かす》かにわかる程度の驚きの感情を顔に出す。

この男もこんな顔をするのだなと思い、仕方なく知らぬ顔でエントランスのほうへと向かった。

客とばったり会っても無視するのが礼儀だ。どんな趣味を持っているのか誰《だれ》にも知られたくないという者がほとんどで、もし挨拶《あいさつ》などすればあれは誰だという話になる。顔色一つ変えず、上手く嘘をつける者などあまりいない。

だが、手塚とすれ違おうとした瞬間、声をかけられた。

「何してる?」

「え……」

「ここで何をしてると聞いたんだ」

「何って……」

門倉は、すぐに反応できなかった。せっかく無視してやろうとしたのに、なぜわざわざ話しかけるのか理解できない。

「俺だって街で買い物くらいしますよ」

「ここでか？」

「まさか。自分の買い物は済ませました。友達に焼き菓子でも土産に買って帰ろうと思っただけです。このホテルの焼き菓子が美味《おい》しいって言ってたので」

手塚の後ろに控えている男が、二人の話が終わるのを黙って待っている。どうやら対等の関係ではないようだ。部下だろうか。

銀縁のメガネとスーツを着ていても痩《や》せ型とわかる体型のせいか、かなり神経質そうな印象だった。ニコリともしないところに加え、肌が白いせいで血が通っていないように見えてくる。ただ、先ほど聞こえてきた声は柔らかく、それが唯一男が間違いなく生きた人間であると思える部分だった。

手塚が男に耳打ちすると、彼は軽くお辞儀《じぎ》をしてからラウンジのほうに歩いていった。

二人になると、苦笑いしながら言う。

「大丈夫ですよ。俺プロだから」

店に通っていることはばらさないと暗に伝えたつもりだったが、余計な気遣いだったらしい。手塚はくだらないとばかりに鼻を鳴らした。

「そんなことは心配していない」

「そうです？　俺を見て驚いた顔をしたみたいだったから」

「お前も太陽の下を歩くんだなと思っただけだ」

言葉を選ばない男だな……、と嗤った。これでは誤解される。

お天道様《てんとさま》の下を歩けないような仕事をしているという意味ではないことくらい、わかっていた。手塚が遠回しにそんな嫌みを言うとは思えない。そういう意味なら、もっと直接的な言い回しをするだろう。

夜にしか会ったことがなく、昼間顔を合わせるのが初めてだからこその言葉だ。

「別に夜だけ起きてるわけじゃないですよ」

「まぁ、確かにな。飯は喰ったのか？」

「いえ」

「ついてこい。喰わせてやる」

「え……」

「飯を喰わせてやると言ったんだ。ぼさっとしてないでついてこい」

「あのね」

断られる可能性を微塵《みじん》も考えていないところはさすがだ。こっちにも予定があると言おうとしたが、実際は何もない。反発するために、ない用事があるなんて言うのも大人気ない気がして、傲慢な男に従ってやることにした。

(俺は大人ですから……)

先ほどの男が、再びラウンジのほうから来るのが見えた。手にぶら提げているのは、紙袋だ。男からそれを受け取った手塚に差し出されて戸惑う。

「焼き菓子だよ。土産が欲しかったんだろう?」

まさか自分のためにこれを買ってこさせたのかと驚きつつも、財布を出して金を渡そうとしたが、菓子を持ってきた男と話し始めてタイミングを失った。

「今日は帰っていい。もう人と会う予定はないだろう」

「ですが……」

「命令だ。書類仕事なんていつでもできる」

連れの男は何か言いたげな顔をしたが、日頃から一度言い出したら聞かないのか、渋々といった態度で頭を下げる。使い走りをさせられた挙句、予定を変更させられたのではそういう顔もしたくなるだろう。

連れの男が一瞬恨めし気な目を向けてきた気がした。

(まぁ、そうだろうね)

自分は何一つ頼んでないぞと言いたかったが、無駄な抵抗はやめた。二度と会わないだろう相手に恨まれたところで、痛くも痒《かゆ》くもない。

「わかりました、社長。明日は時間どおりにお迎えに上がります。お飲みになるなら、あまり飲みすぎないようにしてください」

「わかってるよ」

社長と聞き、はは……、と乾いた笑みが漏れた。いかにもだ。金を持っていて仕事もできそうだと思っていたが、この若さで社長だとはさすがだ。予定を把握している男は、おそらく秘書だろう。

「行くぞ」

「金、いくらです？」

「なんの金だ？」

「お菓子代ですよ」

「うちの商品を褒めてもらったんだ。金なんか取るか」

「うちの……？」

門倉はホテルの中を見渡した。改めてその豪華な造りを確認し、そして手塚と見比べる。

「もしかして、このホテルの社長なんですか？」

「だからなんだ」

なんでもないことのように言われ、今度は笑う気にもなれなくて脱力した。想像を遙《はる》かに超えている。

「親父《おやじ》の後を継いだだけだ。一から商売を始めたわけじゃない」

そうだとしても、無能な男がトップに立ち続けることはできないだろう。商売は傾く時はあっという間だ。しかも、これだけの規模のホテルとなると、相当の手腕が問われる。

セックスでは知ることのできない手塚の顔を垣間見《かいまみ》た門倉は、これまで以上に深い興味を手塚に抱いてしまうのだった。

手塚と食事をするというあり得ない体験をした門倉は、現実感がないままホテルを出た。

案内されたのはホテル内の高級中華料理店で、出てきたのはフカヒレのスープや伊勢海老を使ったエビチリなど、食べたことのない料理ばかりだ。美味しかったが、手塚と二人でテーブルを囲んでいるという状況に、尻が落ち着かなかった。

ルイと三蔵と三人だったら、きっと違う味がしただろう。

食事を終えると、さらに別の店へと誘われてタクシーに乗る。行きつけのバーと聞いて思わずついてきたが、よせばよかったかもしれないと、今さら後悔していた。手塚を知りたいと思う気持ちが、抑えきれないものになってしまいそうな気がしたからだ。

「ホテルのバーでもよかったんですけどね」

「俺が長々飲んでると聞いたらうるさいのがいるんだよ。それに、自分の仕事と関係ない場所で飲みたい時もある」

「なるほどね」

　タクシーは繁華街を抜け、人通りの少ない路地へと向かった。手塚が「この辺でいい」と言って停めさせると、車を降りて少し歩く。雨が降ったのか、アスファルトが黒々と濡《ぬ》れていた。先ほどまでいた場所とまったく違う雰囲気だ。高級な場所から、一気に怪しげな雰囲気が漂う路地裏に連れてこられた。だが、怪しげといっても門倉がいる街とも違っていて、ロンドンの街並みを思わせる。

　物陰から切り裂きジャックが出てきそうだ。

「あそこだ」

　手塚が顎《あご》をしゃくったのは、小さなショットバーの看板だった。ドアを潜《くぐ》って中に入る。

「いらっしゃいませ」

　カウベルの音とともに、バーテンダーの声に迎えられる。

　落ち着いた雰囲気の店だった。カウンターの中に、バーテンダーが二人いる。愛想のいい青年と、躰が大きくていかつい顔の男だ。

　手塚がカウンター席につくと、門倉も隣のスツールに腰を下ろした。熱いおしぼりが出てきて、メニューを開く。

「お連れ様がいらっしゃるなんてめずらしいですね」

「まぁな」

「何になさいますか？」

「いつもの」

「かしこまりました」

手塚は常連らしい。たったそれだけで注文は成立するのだ。バーテンダーが門倉にも聞いてくるが、カクテルは滅多に飲まない。居酒屋に行った時に注文したことはあるが、甘いだけであまり美味しいと思ったことはなかった。

「カクテルなんて洒落たものは飲まないんだよねぇ」

「お好みを言っていただければ、それに合わせてお作りいたします」

「アルコールはあまり強くないのがいいかな。甘ったるくないのでオーソドックスなのをお願いできます？」

「では、ソルティドッグなどいかがでしょう？　ウォッカをベースにした有名なカクテルでございます」

「じゃあ、それで」

バーテンダーがシェイカーを手にすると、門倉はそれをぼんやり眺めた。

グラスを逆さにして白い粉の入った皿の中で回す。滑らかな手つきだった。美しいと感じる。縁に白い結晶が付着したグラスも、それだけで絵になっていた。このスタイルは、カクテルを滅多に飲まない門倉も知っている。

もう一人いるバーテンダーは、カウンターを出てピアノの前に座った。てっきりカクテルを作るのかと思っていたが違った。バーテンダーではないのかもしれない。

ポロン……ッ、と味のある音色が店内に零れた。

（ルイたちに言ったら大騒ぎだな）

聞こえてくる生の演奏は、心地のいいものだった。躰が無意識にスウィングする。音楽を聴くなんて門倉の生活にはないものだが、こういう場所でなら聴いていたい。心なしか手塚の表情も柔らかい気がした。リラックスしているのかもしれない。

「どうぞ」

門倉のカクテルが、コースターの上に置かれた。素直に綺麗《きれい》だと思った。手塚がまるで自分の手柄のように得意げな視線を門倉に向ける。

一口飲み、驚いた。居酒屋で飲むそれとはまったく違う。

このバーテンダーの腕がいいのか、本来カクテルがこういうものなのかはわからない。少なくとも、ここで飲むものと居酒屋のそれを同じにしてはいけないことはわかった。

「どうだ？」

「美味しいです。すごくね」

バーテンダーは嬉しそうに目を細めた。シェイカーを振って手塚にもカクテルを提供したあと、少し離れたところでグラスを磨き始める。二人の会話を聞かないよう、さりげなく気遣っているのだろう。

「気に入ったんなら、俺の名前で飲んでもいいぞ」

「ご冗談を」

「なんだ、女がたくさんいる店がよかったか？」

「はは。何をおっしゃいます。俺が女を侍《はべ》らせたいと思ってるとでも？」

気分がいいからか、いつもより素直になれる気がした。普段は聞かないプライベートについて、思わず触れてしまう。

「いつ社長に就任したんです？」

「二十六の時だ」

「そりゃ大変だったでしょ」

「まぁな。若くして社長の座に就くと、周りは何かと俺の失敗を望むもんだ」

「そんなもんですか」

「俺が後を継ぐのに反対していた者もいる。他人の足を引っ張るしか能がない奴ってのは、嫌なもんだな」

手塚もいつもなら、こんな話はしなかっただろう。今まで自分のことについて、これほど語ったことはない。

グラスが空になると、手塚はカクテルをもう一杯注文した。門倉もお代わりを聞かれ、今度は手塚と同じものを注文する。手塚が好む味を知りたかったのかもしれない。

「君の作るカクテルは旨《うま》いんだとさ」

「それは光栄です。先ほどのよりアルコール度数は強くなりますが、よろしいですか？」

一杯くらいなら平気だと言うと、彼はさっそくシェイカーに手を伸ばす。

手塚が好んで飲むカクテルの名は、カミカゼといった。一つ入れればグラスがいっぱいになるような大きなロックアイスを入れ、材料を入れたシェイカーを振る。カクテルがグラスに注がれ、コースターにそれが置かれるまで門倉はバーテンダーの動きを見ていた。淀《よど》みなく流れるような動きで作られる一杯のカクテル。手塚が好んで身を置く空間。

店の雰囲気はよく、カクテルは美味しい。門倉は、まるで手塚自身を味わっているような気分になっていた。

「どうぞ」

目の前にグラスが置かれると、それに手を伸ばした。

他に飾りなどないシンプルなカクテルは、辛口ですっきりした味がした。胃が熱くなり、酔った勢いで手塚のことを聞いてみる。

「この人ってここではどんな客なんです？　傲慢？」

「いいえ、大変常識的なお客様です。いつも静かにお飲みになられますよ」

「ま、有名ホテルの社長だからね。外面はいいいか」

わざと流し目を送るが、手塚は知らない誰かの話でもされているような顔で、グラスを口に運んだ。指が長く、相変わらずそそる手をしている。

「新しいビジネスでも成功されているとお聞きしてます」

「へぇ、それは初耳だ。もうちょっと聞かせてもらえると嬉しいんだけど」

バーテンダーは言っていいのか目で手塚に問うた。構わないと笑うと、彼は続ける。

「女性客向けのカプセルホテルやインターネットカフェで業績を伸ばされていると聞いております。最近、経済誌で拝見したところです」

さすがにそこまでの男だとは思っていなかった門倉は、小さく嗤った。

（次元が違うねぇ）

これでもかというくらい、高スペックな男だ。

「親父の後を継いだだけの無能と言われるのが癪《しゃく》だったからな。俺が事業に失敗すればいいと思ってやがる重役どもを喜ばせてやる必要はない」

手塚らしい物言いだ。

「そりゃあ自分を差し置いて二十六の若造に追い越されるのは、面白くないでしょ」

「ふん、昔からいるってだけで偉そうにふんぞり返ってる爺に何ができる」

「でも会社を支えてきた人なんじゃないんですか？」

「よくやってるのは下のもんだ。昔はどうだったか知らんが、俺の失敗を狙《ねら》った時点で上に立つ資格が連中にないのは明確だ。そんな奴らに会社をくれてやる気はない」

唇を歪《ゆが》めて嗤う手塚を見て、なるほどこの性格になったのもわかる気がした。

若くして社長の座に就いたとなれば、やっかみも多いだろう。血の繋《つな》がりだけでその座を手にしたと言われないためには、結果を残すしかない。

今の世の中は、変化が激しい。常に新しいものやサービスが出てきて、ニーズも多様化し、消費者を満足させるハードルは上がっている。

その中で選ばれるには、差別化が必要だ。世の中のニーズに対して敏感でなければ、あっという間に失敗する。

失脚を心待ちにしている者も多い中、いつ足元を掬《すく》われるかわからない状況で新しいビジネスに手を伸ばし、結果を残す。

言うのは簡単だが、容易なことではない。

「何を笑ってる？」

「あなたの性格がどんなふうに形成されたのか、わかる気がしただけですよ」

「ふん、この程度で俺を知った気になられても困る」

「言うねぇ」

それから二時間ほどその店で飲んだ。

まさか偶然会った手塚とこんなふうに飲むことになるなんて意外すぎて、夢でも見ているのではないかと疑った。こうして普通の知り合いのように酒を飲むなんて違和感がある。そんな時間が名残惜しく感じながらも、夢は醒《さ》めるものだと店をあとにした。

「俺は通りでタクシーを拾うが、お前はどうする」

「少し歩いてから決めますよ。お構いなく」

「そうか」

手塚はそれだけ言い残して歩き始めた。手塚の背中が、孤独に見える。

けれどもかわいそうだとか傍《そば》にいてやりたいとか、そんな感情は湧かなかった。むしろ孤独を楽しんでいそうで、見ていて気持ちがいい。

勝ち続け、自分の失脚を望む者たちが臍《ほぞ》を噛《か》む思いをしているのを、手塚はどんな思いで見ているのだろうか。

いつまでも手塚のことを考えてしまう自分に気づき、門倉は自分を戒めるように手塚が向かったのとは逆のほうに歩き出した。


周り中敵だらけの男。

これまで知らなかった手塚を、一つ知った。

門倉は、自分の中でその存在が大きくなっているのを感じていた。知れば知るほど、さらなる興味が湧く。

常に失敗を望む者たちが目を光らせている中で、その思惑を外し続け、成功を収めている姿は想像しただけで爽快《そうかい》だ。敵にはしたくないが、味方になれば心強いだろう。

そして、そんな手塚に感じるのは性的な魅力だ。

セックスが上手いだけの男ならいくらでもいる。それこそ竿師《さおし》と呼ばれるようなセックスのプロを相手にしたこともあった。だが、心がぞくぞくするような相手はそう滅多に出会えない。

「エロいねぇ」

門倉は自分の部屋のちゃぶ台で経済誌を見ていた。手塚の手がけたビジネスについて知りたくなり、バーテンダーが言っていた雑誌をわざわざ取り寄せたのだ。出版社のサイトにアクセスしたら、バックナンバーが揃《そろ》っていた。

「何見てるの～？　あれ、経済誌？　壱っちゃん、経済になんか興味あった？」

三蔵と一緒に部屋に来たルイは、手に焼き菓子の箱を持っていた。手塚に貰《もら》ったものだ。

「二人してどうした？」

「この前の焼き菓子まだあるから、一緒にお茶しようと思って」

「わしもじゃ〜。焼き菓子旨いなぁ」

「で、それ何？」

座卓の前に座ったルイは、さっそく雑誌を覗き込んでくる。

「まぁちょっとね」

「何なに？　教えてよ。あ、もしかしてこれ……」

好奇心を剝《む》き出しに門倉の手から雑誌を奪ったルイは、目を通し始めた。次第に目が輝いてくる。手塚が注目されている若手社長だと知ったら、そんな顔もしたくなるだろう。

何かと夢見がちなルイだ。あれこれ妄想して楽しむに決まっている。

「へ〜、雑誌にも載るんだ。すごいね。あの色男、手塚宗助《そうすけ》っていうんだ。何なに？　古い体質からの転換。新しいビジネススタイルで業績を伸ばす若手社長だってよ、三蔵」

ルイが記事を読み上げると、三蔵も興味ありそうな顔をした。

「ほっほっほっ。そんな男がここに通っとるんか。そりゃ面白い」

「だよね〜。でも大丈夫かなぁ。壱っちゃんとエッチしにここに通ってるってスクープされちゃったりしないのかな」

「文冬砲《ぶんとう》か？」

「そうそう。でもそのスリルがいいのかも〜。だって見てみなよ。この写真。デキる男ですって感じですっごいエロそう」

「仕事ができる男はあっちもすごいっていうからのう。ひゃっひゃっひゃっ」

ルイと三蔵二人でキャッキャと経済誌を覗き込んでいる姿を見て、好きに言わせておけと立ち上がった。

「お茶は俺が淹《い》れるよ。インスタントコーヒーでいいか？」

「いいよ～」

「わしもコーヒーがええ」

湯を沸かし、カップにインスタントコーヒーを入れてお湯を注ぐ。スプーンで掻《か》き回していると、手塚と行ったバーを思い出した。流れるような手つきで作られるカクテル、そして手塚と共有した時間。

もう一度、あの時間を味わいたいと思っているのか――。

自問したが、わからない。

その時、門倉の部屋のドアが開いた。

「門倉。中野さんがお呼びだ。ちょっと来い」

厳しい声で呼ばれ、できたコーヒーをルイたちのところに運んでそちらに向かった。ただならぬ雰囲気に、ルイと三蔵も何事かと不安そうな顔をする。

「壱っちゃん……」

ルイがあまりに心配するため、大丈夫だと目で合図して部屋を出る。

（なんかしましたかね）

男についていき、門倉は階段を下りて一階に向かった。入るよう言われたのは事務所ではなく、ロビーを改装した部屋だ。黙って奥へと進む。

部屋には中野がいた。この一帯の料亭を仕切る中野は、いかにも問題が起きたとばかりの顔で腕組みをしながら門倉が来るのを待っている。座るよう促され、座布団に胡坐をかいた。

襖《ふすま》が閉められ、中野と二人きりになる。嫌な予感がした。

「なぁ、壱。お前、ここで売りをするようになって何年経つ」

「なんです？　いきなり」

「何年だと聞いてるんだ」

「さぁ、何年ですかね」

「もうここのしきたりはわかってるだろう」

門倉は嗤った。

しきたりといえば、最近一つ破った。だが、たった一度きりだ。地獄耳もここまでくると感心する。

「外で客と会ってただろう？」

隠しても無駄かと、すぐさま観念した。じたばたするのは性に合わない。

「まぁ、ばったり……ってことはあるでしょう？」

「ばったりか。確かにな。だが、ばったり会っても知らん顔するのが決まりだ」

当然あの時はそうしようとしたが、手塚から話しかけてきた。けれどもそんな言い訳をしたところでなんの意味もない。

事実は手塚と食事をし、バーで飲んだということだけだ。

「お前に指一本触れなかった客ってのは、その男か？」

「あー、そう……ですかね」

とぼけたのがよくなかったのか、明らかに怒りを買ったとわかった。中野は部屋の外に向かって「おい、入ってこい！」と大声をあげて人を呼んだ。大柄で筋肉質の男が二人入ってくる。

一人は坊主頭で、もう一人は肩にタトゥの入った男だ。新入りに男の悦《よろこ》ばせ方を教えるためにいる男たちで、最近、若いのが入ってきた時に彼らが仕込んでいるのを覗いたばかりだ。

泣きじゃくる少年を二人がかりで押さえ、躰を開かせていた。

「なんです？　今さら俺に仕込むことなんてないでしょう？」

軽く嗤うが、どうやら脅しではないらしい。

「ぐ……っ」

髪を摑《つか》まれ、奥の部屋へと引きずっていかれる。布団の敷いてある部屋だ。新入りが仕込まれることにも使われるが、それだけではない。掟《おきて》を破った者に対する制裁も、この部屋で行われる。

「――っく、……っ、……あっ！」

平手で何度も頰《ほお》を打たれた。中野が襖のところに立って門倉を見下ろしている。

薄暗い部屋に押し込められ、逃げ場を奪われた状態でできるのは、ただ耐えることだけだ。

「いいか、ここを出ていきたいなら出ていけばいい。だがな、ルールはルールだ。例外を作ればどうなるか、ちゃんと教えておかないとな。他のもんにも示しがつかない」

男たちは、容赦なかった。

坊主頭が門倉に馬乗りになり、タトゥの男は枕元《まくらもと》に膝をついて両腕を布団に押さえつけてくる。抵抗するつもりなどないが、こんなふうにされると犯されるのだと強く感じた。踏みにじられるのだ。自分の立場を思い知らされる。

坊主頭が勃起したイチモツを取り出したのを見て、憂鬱《ゆううつ》になった。

（ああ、嫌だねまったく）

新入りに男同士のセックスを教えるプロだ。サイズは大きく、赤黒く変色したそれはすでにしずくを滴らせている。

まるで凶器だった。さすがの門倉もあれで容赦なく突き上げられたら、無傷というわけにはいかないだろう。

「奉仕しろ」

「んぅ……っ、んっ、んっ、んぅ……うッ」

口に突っ込まれ、喉を突くように激しく出し入れされる。

「わかってるか？　それがお前の仕事だ」

腕組みをして男二人に犯される門倉を、中野は悠々と見ていた。

タトゥの男が、膝で門倉の腕を押さえながら首筋に舌を這《は》わせてきた。荒い息遣いがすぐそこで聞こえ、二匹の獣の餌食《えじき》にされる。

部屋が倒錯した異様な空気で満ちていくのがわかった。

男たちは、門倉を犯すことに興奮している。時折漏らされる笑い声は、この行為が仕事の域を超えていることの表れだった。

「ぁう……っ、……ぅ……ぁ……あ、……ぁあっ！」

ろくにほぐしもせず、いきなりあてがわれて後ろにイチモツをぶち込まれた。苦痛に襲われて喘《あえ》ぐが、唇を奪われて激しく吸われる。

「ぅん、……んん、……んぅ……っ、……んんっ、んっ、んっ」

「お前はなぁ、ここ以外では生きていけないんだよ。戸籍もないってのにどうやって仕事を探す？　昔みたいに盗みやったりホームレスになったりするか？　そんな生活はきついだろう」

借金で縛られているわけではない。何か弱みを握られているわけでもない。

だが、門倉がそう簡単にここから足抜けできないとわかっているのだ。ルールを守って働いているうちは優しい顔をするが、何かあると途端にこの扱いだ。

そんなことはわかっていた。

「おっしゃる、とおり……ですよ」

「そうは思えねぇな」

「ねぇ、俺が、ドMだって知ってます？　こういうの、お仕置きじゃなくてむしろご褒美になるんですけど……、あ、あ」

激しく腰を使われる。繋がった場所が裂けそうだ。

「好きな男ができても、そんなふうにされて悦べるか？」

「だから……誤解、ですよ……っ、――ぁう……っ」

「誤解？　そうか？　だったらなぜお前のそこは反応しない」

言われて初めて、自分の中心がまったく勃起していないことに気づいた。力を失ったまま叢《くさむら》の中に横たわっている。

「あの客は出入り禁止だ」

獣たちに貪《むさぼ》られながら、最終宣告のように放たれた中野の言葉を聞いた。

もう手塚には会えないだろう。

「なぁ、壱。お前は根強いファンもついてる。おとなしく働け。そうすればまともな生活ができる。布団で寝られるし、三度の食事にもありつける。だろう？」

門倉は、手塚と飲んだバーのことを思い出した。

あそこでは、普通の人だった。どこにでもいる普通の人になれた気がした。

いい夢だった。

所詮《しょせん》、自分は躰を売ることしかできない人間だ。そう思い知らされる。

「ぁう……っ、あ、あ、……ひ……っ、……ぁ……あ……っ、……くぅ……っ」

中野が「しっかり思い知らせておけ」と言い残して残して立ち去ると、行為はますます激しさを増す。主《あるじ》に与えられた獲物を存分に貪ろうとする男たちは、容赦なかった。

それから約一時間――。

代わる代わる後ろにイチモツをぶち込まれ、何度も精液を浴びせられた。ここに来た頃から上の者には逆らわず、飄々《ひょうひょう》と躰を売ってきた門倉にとって初めての経験だ。

そして、ようやく行為が終わった頃、聞き慣れた声に目を覚ました。

「壱っちゃん！」

目を開けると、ルイが慌てて駆け寄ってくるのが目に飛び込んでくる。男たちはすでにいなくなっていて、門倉はそこに捨てられていた。

「……ルイ」

「行こう。部屋に連れていってやれって中野が……」

手を貸してもらい、なんとか身を起こす。

「はは……、これじゃあ使用済みのコンドームだな」

自分の状態を見て嗤いながら言うと、ルイはさらに涙目になった。

「もう、何言ってるんだよ。こんなにひどいことされてるのに」

わざわざルイを迎えにこさせたのは、見せしめのためだ。掟を破った者がどうなるか見せつけて記憶に残す。元ロビーだったところを改装してこういうことに使っているのも、声が漏れるからに違いなかった。

掟を破った者に対する仕打ちがどんなものか、みんなが知ることになる。

「大丈夫？　しっかりして」

「ああ、ありがとな」

肩を貸してもらい、自分の部屋へと連れていかれる。泣きべそをかくルイを見て、苦笑いした。ぽっちゃり小太りの髭《ひげ》を生やしたおっさんが、目をウルウルさせて鼻をすすっているのだ。

「何笑ってるんだよ。僕、心配してるんだからね」

「だって、お前……可愛《かわい》いからさ」

「もう、こんなにボロボロになってるのに何呑気《のんき》なこと……、あ、三蔵！　手を貸して！」

三蔵を見て、ルイが手を振る。

「どうしたんじゃ〜。こりゃまぁ、ぎょ〜さんやられおって」

自分のほうが介助が必要なんじゃないかと言ってやりたくなるような三蔵にまで、手を貸してもらう。二人に支えられてなんとか階段を上り、自分の部屋に戻った。布団に横になった門倉は、心配するルイたちを見ながら中野に言われたことを思い出す。

出入り禁止。

その言葉が、躰以上に心に傷にダメージを与えていた。


出入り禁止になった手塚が料亭を訪れたのは、それから間もなくしてのことだった。

その日は朝から冷え込みが激しく、昼になっても吐く息が白く濁るほどで、太陽は一日中雲の後ろに隠れていた。時折ぐずるように落涙する空模様というのは、心まで重々しくなる。

まるで門倉の心を映しているようだ。

料亭の二階で客を取っていた門倉は、微かに聞こえてくる手塚の声に我に返った。門倉の躰が空いていても自分が利用できないわけを、曳き子に聞いているようだ。

「なんだ、下が騒がしいが」

その日、最初に訪れた客は頭頂部が薄くなった中肉中背の中年男性で、手塚が来る五分前にここに上がってきた。年齢は五十代くらいだろうか。暖簾《のれん》の向こうから門倉を一目見て即決したらしい。

「時々聞き分けのないお客様がいらっしゃるんです」

「人気者なんだな」

「いえ、そういうわけではありませんよ」

遠くに聞こえる手塚の声に、門倉は自分がどんな立場の人間か改めて思い知らされていた。

自分は夢を売る人間で、夢を見る人間ではないということを……。

初めて指一本触れずに買われた夜から、少しずつ勘違いしていったのかもしれない。ある晩をきっかけに門倉に触れるようになり、頻繁に姿を現すようになった。そして、手塚のホテルで偶然会った時には、行きつけのバーに連れていかれた。

何か特別なことだと、錯覚していたのだろう。けれども現実はこれだ。

門倉は、客に足を開いてあそこを見せている。自分も同じものを持っているだろうと言いたいが、なぜかしきりに見たがる客もいるのだ。尻の穴から陰嚢《いんのう》、そしてペニスまでじっくり観察していた。

挿入するより弄り回すのが好きだという客も、めずらしくはない。

「君のここはいい色をしているな」

「あっ」

まだ固く閉じている蕾《つぼみ》にバイブレーターを挿入された。ジェルを塗られているが、あまりほぐしてもらえなかったため苦痛に顔を歪める。それを見た客は、興奮した様子でバイブレーターのスイッチを入れて出し入れを始めた。興奮した面持ちで門倉がどんな反応をするのか、目を爛々《らんらん》と輝かせて見ている。

「ぁあ……ぅ……」

「いい反応だよ、本当にいい反応だ。道具を咥《くわ》え込んだ君のここは、ひくひくしていやらしいねぇ」

「そんなに、見ないで……くださ……」

「下の男もお前のここが見たくてたまらないんじゃないか？　まだいるぞ」

「すみませ……、騒がしくて……、どうか、気に……なさらず、……ぅん……っく、楽しんでいって、くださいな……、……ぁあ……ぁ」

手塚が曳き子とやり取りする声は、ずっと続いていた。

声を荒らげることはなかったが、なかなか引き下がらないらしい。

以前、門倉が客を取っている最中に踏み込んできたことがあった。あの時は客も寛容だったため大事にはならなかったが、出入り禁止となった今は違う。あの時と同じことをすれば、ただでは済まないだろう。

中野が出てくる。早く帰ったほうがいいと、手塚の心配をしながら客がジェルを足すのに協力するように尻を浮かせた。すると、欲しがってたまらないのだと思ったらしく、よりいっそう執拗《しつよう》に門倉のそこを責め始める。

(これが俺の仕事だ)

客にあそこを弄らせたり、突っ込まれたりして金を貰う。それが自分だ。

何度も繰り返した。

「あぁ……、……ぅ……ん、……はぁ……」

「こんなに深く呑み込んで……もう放したくないと言ってるようだよ」

「そのとおりです……、おっしゃる……とおり、です」

身悶《みもだ》え、感じているふりをしながら、手塚はどうしてすぐに帰らないのだろうと考えていた。自分に執着があるとは思えない。そんなふうに思い上がってはいない。

（出入り禁止にされて、プライドが傷ついたのかね）

手塚がそんな小さな男ではないとわかっているが、他に理由が見つからなかった。

そして、その声を聞きながら客のおもちゃになっていることに、いたたまれない気持ちになっている理由もわからない。

（ああ、早く帰ってくれ……）

なぜこれほどまでに心が騒ぐのだろう。以前なら、手塚に見られながら他の男に抱かれることを悦んですらいた。観客がいるセックスは、むしろ盛り上がるものだった。

だが、今はどうだ。嫌でたまらない。

これまで味わったことのない感覚に見舞われながら、客の要望に忠実に答える。考えないように、その声を聞かないように、できるだけ仕事に集中した。けれども、また別の記憶が蘇《よみがえ》る。手塚に関係することだ。

それは、昨日のことだった。


「門倉壱さんですね」

門倉を呼びとめたのは、スーツ姿の男だった。プライベートでスーツを着た男と接するなんて滅多にない門倉は、何事かと男をしげしげ見てしまった。銀縁のメガネをかけた神経質そうな三十代前半くらいの男だ。見たことがある。

「ああ、手塚さんの秘書？」

男は「霧島《きりしま》」と名乗ってから頭を下げた。丁寧な態度にさすが秘書だなと思い、絵に描いたような反応に少しおかしくなる。

「お話がございます」

「ここじゃ駄目な話……ですよね。霧島さん」

まだ中野の目が届く場所だ。手塚の関係者と話をしているとその耳に入れば、いらぬ詮《せん》索《さく》をされるだろう。自分のためでもあると、素直に場所を変えることにする。

「車を停めておりますので」

門倉は黙ってついていった。少し歩くとコインパーキングに入っていく。促され、黒のレクサスの後部座席に乗り込んだ。周りはビルで囲まれており、視界は遮られている。

「突然申し訳ありません」

「いえ、別に構いませんよ。で、なんです？」

「密告したのはわたしです」

いきなり言われ、門倉はきょとんとした顔でバックミラー越しに男を見た。密告したことを白状するなんて、随分真面目《まじめ》な男だ。驚きが消えると、今度は笑いが込み上げてくる。

「それはそれは。わざわざ告白しに来るなんて、霧島さんは随分と律儀なんですね」

「料亭で働く者が掟を破るとどうなるのか、知らないわけではないので」

「で、それを承知で密告ってことは、それほど手塚さんのことを大事に思っているって解釈していいんですかね」

「そういうことです。社長がこれまでどんな思いで会社のトップに立ってきたのか、ご存じですか？」

責めるような口調ではなかったが、門倉をよく思っていないのは明らかだ。それなのに、丁寧な態度を崩さないだけの理性がある。優秀なのだろう。

「周りは敵だらけ。話を聞いた限りではね」

「おっしゃるとおりです。だから邪魔をしないでもらいたい。お願いします」

密告なんて強硬手段に出る割に、腰が低い。

門倉は、この男に好感すら抱いていた。敵しかいないと思っていた手塚に、味方がいた。それがわかって、安心したのかもしれない。

「社長はわたしの話など聞きませんから」

「まぁ、そうだろうねぇ」

客としてここに来れば、誰でも門倉を抱ける。もし、家族や関係者が来てここを利用させないでくれと頼みに来ても、いちいち対応などしない。

客は金だ。どんな事情があろうともわざわざ断るほど中野はお人好しではない。この男もそれをわかっているのだろう。だからあえて密告という形を取り、手塚がここを利用できなくなるよう仕向けた。

「賢いね。いい秘書に恵まれて手塚さんも安泰だ」

「これはほんのお詫《わ》びです」

封筒を差し出されるが、受け取らなかった。おそらく金だ。

「金ならいらないですよ」

「治療費と思っていただければ」

「結構ですよ。俺ドMなんで……お仕置きも楽しんで受けました。ぶたれるの、好きなんですよ。金を受け取らなくても、二度と手塚さんには会いません」

少し迷った素振りを見せたが、彼は素直に封筒をしまう。

心底安心した顔でお辞儀をしたのが、印象的だった。


門倉はバイブレーターで自分の後ろを弄っている客の後頭部をじっと眺めながら、最後に見た霧島の顔を思い出していた。

二度と会わないという約束にあれほど感謝されるなんて、自分がどれだけ手塚にとって都合の悪い人間なのか考えろと言われた気がする。目の前の客の姿も、その思いに拍車をかけるものだ。

(だから、もう自分の世界に帰んなさいよ)

頭皮が見えるほど薄くなった頭が、薄灯《うすあか》りの中で動いている。

「どうした？　萎《な》えてきたぞ」

「ぁ……うぅ……、すみませ……ん、……少し、苦しいのかも……しれません」

「じゃあ、もっと優しくしてやろう。ジェルを足すといいのかな？」

「はい、そうしてくださいな」

しばらくすると揉《も》める声は聞こえなくなったが、手塚の存在は門倉の心に残った。曳き子に何を言ったのか。なぜ、すぐに帰らなかったのか。

客に遊ばれている間、門倉は延々とそんなことを考えていた。心ここにあらずだったと自分でも思うが、客の目にはそれが物憂げに映ったようでむしろ喜んでいた。常連なら気づいただろう。初めての客で助かった。

客は時間いっぱい門倉を楽しんだあと、満足げに帰っていった。チップをいくらかくれたが、それを手に取る気力もなく、布団の上でしばらくぼんやりしていた。

すると、ほどなくして階段を上がってくる足音が聞こえてくる。

衝立《ついたて》の向こうに、曳き子が跪《ひざまず》いたのが気配でわかった。

「次の準備をしてくだせぇ」

中野に門倉の様子を監視するように言われているのだろう。手塚が来た時にどんなふうだったか、報告されるはずだ。誤解されるような態度を取ると、あとあと面倒なことになる。

早いところ、次の客を取る準備をしなければ――。

門倉は、散々弄られた後ろの疼《うず》きに似た痛みを堪《こら》えながら、身を起こした。

「わかってますよ。さっきの客、突っ込まずに弄り回すだけだったから、ちょっと疲れちゃってね。ほら、声も嗄《か》れてるでしょう」

返事はなかった。

門倉の回復を待っているのか、一階に下りていく気配も感じられない。苦笑いする。

「だから、もう歳なんだって。俺三十四よ？　そう急ぎなさんなって」

そう言うが、どうやら次の客を取れと言いたいのではないらしい。何か言いかけるような気配がしたあと、ボソリとつぶやく。

「あの男、帰りました」

なぜわざわざそんな報告をするのか――。

反応を見るためか、それとも別の目的があるのかと考えるが、意外な言葉が続いた。

「密告みたいなことは、あんまりしたくないんでさぁ。壱さんとは長いから」

曳き子なりに、門倉を案じてくれているのかもしれない。

そう思うと、自然と笑みが漏れた。心配してくれる相手がいるだけでいい。

「大丈夫だって。密告されるようなことはもうないから」

「そうですか。そんならよかった。準備ができたら声をかけてくだせぇ。客呼びますから」

「はいはい」

次の男を取るために、門倉は便所に行って下半身を綺麗にした。料亭という名目で商売をしているため、風呂場《ふろば》はついていない。便所の手洗いにホースとシャワーヘッドがついているだけだ。湯が出るだけまだマシという設備だが、十分だ。

躰を綺麗にすると着物を身に着け、一階に下りていく。

「次、呼んでいいよ」

曳き子に声をかけると、彼は外に出てまた客引きを始める。

時折暖簾をめくって中を覗いていく男もいて、そのたびに門倉は微笑を浮かべて客を誘った。何年も続けてきたことだ。嫌になるとか飽きるとか、そんな時期はとうに過ぎてしまった。今は自分の一部になっている。

それなのに——。

門倉は自分の中に、これまでとは違う何かを感じていた。

門倉が今夜三人目の客を取っている頃、手塚はタクシーで自宅マンションに向かっていた。

着信が入り、電話に出る。かけてきたのは、秘書の霧島だった。手塚のマンションのすぐ近くにいると言い、今どこにいるのかと聞いてくる。

「どうした？」

『明日の予定が変更になりまして』

予定変更くらいでわざわざマンションにまで来ない。他に何かあるとすぐにわかった。けれども、あえて追及はしない。

「すぐに着く。そこで待ってろ」

『承知しました』

タクシーがマンションの敷地内に入ると、エントランスで待つ霧島の姿が見えた。車を降り、真っ直《す》ぐにエレベーターへと向かう。霧島もそのあとに続いた。

「お疲れ様です」

「何かあったか」

「例の件で江田島《えたじま》議員からご連絡がありました」言いながら、霧島がエレベーターのドアを手で押さえる。手塚が乗り込むと、彼は慣れた様子で手塚の部屋のある階のボタンを押した。

政治家との関《かか》わりは父親の代からあり、今も続いていた。政治資金という形で彼らを応援するのは、なんらかの見返りを期待しているからだ。

ビジネスと政治は切っても切り離せない。

自分たちの業界がより有利に経済活動を行うためには、国の後押しが必要になってくる。法整備や税制度など、あらゆることに於《お》いて利益をもたらしてくれる者を支援するのは、当然のことだ。成長戦略の一つとして観光業に力を入れ、オリンピック誘致にも成功した日本が抱える課題は、ホテル業界にも大いに関係している。

「明日の会食の時間を一時間遅らせて欲しいとのことです」

「電話一本で済む話をなぜわざわざ直接言いに来た。本当の用件はなんだ？」

「どこに行かれてたんです？」

責めるような口調で聞かれ、門倉のところに通うことがどんなことなのか考えろと暗に言われているのだとわかった。手塚が料亭を出入り禁止になったことにも、関係しているだろう。

「俺の勝手だ。プライベートまで詮索するな」

「立場のある人のお言葉ではありません。自重してください」

味方だが、容赦ない。手塚にとってマイナスであると判断すれば、本人の許可を得ずに動くこともある。これまでも、何度かそういったことはあった。

「好きなんですか？」

「なんだって？」

「料亭の男を愛しているのかとお聞きしました」

「また直球だな」

なんの前置きもなく聞かれ、苦笑いする。だが、それは優秀なことの証《あかし》だった。余計なことは一切言わない。仕事のできる人間は、ダラダラ話をせず端的にものが言える。

「答えてください」

「愛してない。満足か？」

手塚はくだらないとばかりに鼻で嗤ったが、彼はまだ疑っているらしい。

「信用していいんですね」

「俺に愛だの恋だのがわかると思うか？」

逆に聞いてやると、秘書は納得したように頷《うなず》いた。

この男は手塚のことをよく知っている。どんなふうに育ったかまで、きちんと把握している。だから、門倉を愛してなどいないとわかるはずだった。

手塚の父親は仕事漬けの日々で、子供に関心を示さない男だった。それだけでなく、母親も自分の腹を痛めて産んだ子にすら愛情をかけられない女だったのは、不幸だったと言うべきだろう。もともと子供が好きではなかったと聞いたことはあるが、実はそうなった原因は他にもある。

その理由を思い出し、皮肉めいた笑みが漏れた。

幼少期の手塚はネグレクトに近い環境で育ったが、幸か不幸か家政婦がいたため着ているものが汚れているとか食事を与えられていないなどということが一切なく、周りは誰も気づいていなかった。

父親がそのことを疑い出したのは、彼女の状態がずっと深刻になってからだ。

両親のどちらからも愛情を注がれた記憶がなく、誰かを大事にしたり大事にされたりという経験がないため、手塚は他人とのつき合い方を知らない。気を使うだとか相手の気持ちを汲《く》み取るだとか、そういったコミュニケーション能力が欠乏している。

そのせいで中学や高校の頃は、手塚に近づこうとする者はいなかった。手塚も自分の言動にいちいち傷ついたり腹を立てたりする同級生は苦手だったため、一人でいることになんの苦痛も感じなかった。

だが、大人になってからは違った。仕事を円滑に進めるためには、他人との良好な関係を築くことが欠かせなくなってくる。

だから学んだ。どう接すれば人は喜ぶのか。どうすれば仕事に有利に働くのか。ビジネスの場では、見違えるほど人づき合いが上手くなった。仕事だと思えば、良好な関係を築くことはできる。むしろ何もないところより、仕事という場を与えられたほうが人間関係を円滑にするのは簡単だった。

それでも、プライベートでは友達を作れない。作ろうとも思わない。

「もうあそこへは行かないでください。あなたを全力で守りますが、わたくしにも限界があります」

「心配するな。もう行かないさ。出入り禁止になったしな」

お前の仕業だろう、と視線を向けるが彼は平然としていた。

こういう男は好きだ。

霧島が深々とお辞儀をして帰ると、手塚は部屋に入って上着を脱いだ。ソファーにそれを放り、サイドボードからブランデーを出してグラスに注ぐ。芳醇《ほうじゅん》な香りが鼻から抜けた。

『愛してるんですか？』

手塚は肩を震わせて笑い、その言葉をもう一度噛みしめた——愛してるんですか。

両親から愛情を注がれた記憶がないのに、誰かを愛するなんてできるはずがない。

馬鹿馬鹿しい……、ともう一口ブランデーを味わう。

そして、ふとあることを思い出した。ずっと小さい頃、人気のない海で遊んだ記憶だ。笑い声で溢《あふ》れる海水浴場ではなく、寒々とした海だった。けれども、どこかへ遊びに連れていってもらうなんて考えもしなかった手塚にとって、楽しい出来事だったのは言うまでもない。手を繋いで歩いてくれる誰かがいるだけで、群青色の寂しい海は何よりも楽しいものとなった。

『一人で寂しいなら、このままおばちゃんの子になる？』

優しく微笑《ほほえ》みかけてくる女性を、手塚は見たことはなかった。だが、いつも神経を張りつめさせていて心休まる相手ではなかった母親と違い、彼女はいつも笑顔でよく歌を歌っていた。お兄ちゃんだと言われた子も優しく、夜は一緒の布団に寝たのをよく覚えている。広い屋敷にポツンと一人いる生活が当たり前だった当時の手塚にとって、お兄ちゃんのいるあの数日間は、幸せだった。穏やかだった。

けれども、結局は家に帰されることになる。

お兄ちゃんと呼んでいた子供に手を引かれて交番へ連れていかれた時、家に帰ることのできる安心感より落胆のほうが大きかった。

あのままあそこにいてよかったのに。

小さかった手塚は、そんなふうに思ったものだ。

あとでわかったことだが、有名ホテルの社長子息の行方不明事件は大々的に報道され、当時世間を騒がせた。身代金の要求はなかったものの、手塚の手を引いて歩く女の姿を近所の主婦が見たという証言が数日後に出てきたからだ。

それが明るみに出てすぐに手塚は見つかったが、迷子として交番に連れてきたのが子供だったことも不可解さを大きくするもので、見つかってからもしばらくは憶測が飛び交う事態を招いたと聞いている。

『じゃあね、バイバイ』

交番の警察官の目を盗んで帰る間際にそう言った『お兄ちゃん』に、無言で手を振った時の形容しがたい気持ちは、今も忘れない。

後にも先にも手塚が誰かと一緒にいたいと強く望んだ相手は、あの親子だけだった。

4

手塚が最後に料亭を訪れてから、ひと月以上が過ぎていた。

何事もなかったかのように、日常が戻っていた。夜は客に躰を売り、昼はルイや三蔵と食事をしたりぼんやり過ごしたりの毎日だ。門倉に足抜けする気はないとわかったのか、このところ中野にもうるさく言われなくなった。

出入り禁止だと言われた日以降、手塚がぱったり来なくなったのもよかったのだろう。どちらにも大した執着はなかったと判断されたようだ。最近は、手塚という男が本当に存在していたのかとすら思うようになっている。

あれは変化のない毎日に飽きた自分の心が見せた刺激的な夢だったのでは、と……。

「じゃあこれください」

「サイズはこちらでよろしかったですか？」

「はい。箱はいらないのでそちらで捨ててください」

その日、仕事が休みだった門倉は、再び自分のテリトリーとも言える街を出て買い物に来ていた。随分と寒くなってきたため、今日はハーフコートを羽織っている。中に着ているのはあまり代わり映えしないいつもの格好だ。ゆったりしたパンツに深いグリーン色の厚手の開襟シャツ。

新調しようと思ったのはスニーカーだった。閉店間際の店内は人がまばらで、客は門倉以外二人しかいない。

商品を受け取った門倉は、ビルを出て駅に向かった。日はすっかり暮れていて、駅は学生や仕事帰りのサラリーマンで溢れ返っている。人混みにはあまり慣れていないため、すぐに電車に乗る気になれなかった。駅を出て、人通りの比較的少ない喫茶店に入る。夕飯がてら軽食を摂《と》ったが、一時間ほどして喫茶店をあとにした門倉が向かったのは駅とは逆方向だった。

大通りから少し奥に入った路地。前にこの道を歩いた時とは逆方向に向かっていたが、記憶は鮮明だった。

この先にあるのは、手塚と飲んだバーだ。自分で自分の行動が理解できないまま、さらに奥へと向かう。もしかしたら手塚という客がいたことを確かめたくて、あの男に連れていかれた店にもう一度足を運ぼうと思ったのかもしれない。中野に見つかればまた面倒なことになると思いつつも、途中で引き返すこともできない。

しばらくすると、店の看板が見えた。

一度足をとめ、なぜ来てしまったのだろうともう一度自問してから再び歩き出す。

（深い理由なんてあるわけないでしょ）

誰に言うでもなく心の中でそうつぶやくと、店の前に立った。そして、ゆっくりとドアを開ける。

カウベルの音とともに、バーテンダーの声がした。

「いらっしゃいませ」

あの時と同じだ。薄暗い店内とピアノの音。照明を絞られているという点では門倉の街と同じだが、雰囲気はまったく違う。まるで手塚との時間を反芻《はんすう》しているようで、それほど心に残るものだったのかと我ながら驚きを隠せなかった。

そして、店内に一歩入った門倉はまた別の驚きに襲われる。

「あ……」

手塚がカウンター席にいた。舐《な》めるようにカクテルを飲んでいる。手塚に会おうと思って来たのではない。ここで飲んでいる可能性など、少しも期待していなかった。この状況に対処できずに立ち尽くす。

「なんだ、お前か……」

手塚はただの顔見知りにでも会ったかのように、それだけ言って再び前を向いた。料亭に通っていたことも、出入り禁止になったことも、全部門倉が見た夢のような反応だ。

「座ったらどうだ？」

隣の席を顎でしゃくられ、カウンターの中から出てきたバーテンダーにコートを預け、スツールに腰を下ろす。

「どうも」

微笑を浮かべたが、上手く笑えたかどうかはわからなかった。動揺していることに驚きを覚えながら差し出されたおしぼりを受け取る。何にするか聞かれ、手塚と同じものを注文した。

「かしこまりました」

門倉は、流れるような手つきでカクテルを作るバーテンダーの手元を眺めていた。どこに何が置いてあるのか、目を閉じていてもわかるのではないかというような動きだ。美しいと感じる。しかし、同時に心はもう一つの手に囚《とら》われていた。手塚の手だ。

時折グラスを口に運び、そしてテーブルに戻すのが視界の隅に映って落ち着かない。あの手にされたことを思い出してしまうのだ。

隣に座ったはいいが、何を話すべきか、それとも何も話さないほうがいいのか、わからなくなる。

「気に入ったか?」

「え?」

「この店だよ。それとも俺に会いに来たか」

「ご冗談を」

相変わらずの自信家なところに思わず笑い、出てきたカクテルに手を伸ばした。見た目がシンプルなカクテルは、一口飲んだだけで門倉の躰を熱くした。

もう二度と会わないはずの相手を前にして、動揺しているのかもしれない。

「出入り禁止になったのは初めてだ」

手塚はそう言ってグラスを口に運んだ。

不機嫌というより、面白がっているようだった。そんな扱いを受けたことがない立場の人間が、この状況を楽しんでいる。

「外で会ったのがばれたから当然です。しきたりには逆らえません」

「会ったのは偶然だ。お前と約束などした覚えはない」

「そんな言い訳は通用しないんですよ」

「面倒な世界だな」

今夜は、ピアノの生演奏はなかった。前に来た時にいた大柄のバーテンダーは不在だ。けれども流れる音楽はセンスのいいもので、時折カウンターから聞こえてくるシェイカーを振る音がこの時間を極上のものにしていた。

「俺とここで飲んでいていいのか？」

「ま、駄目だろうねぇ」

「そうか」

そう言いながらも、互いに席を立つつもりはないのはなんとなくわかる。手塚は自分が納得しないまま、誰かの言うことを素直に聞くタイプではない。門倉も同じだ。こういうところは似た者同士と言えるだろう。

「密告したのは俺の秘書だ」

突然の告白に、思わず手塚を見た。

謝罪するつもりがないのは、表情を見ればわかる。ただ事実を口にしたままでだ。それが手塚らしくて、クスリと笑ってからこう言った。

「知ってますよ」

今度は手塚が門倉に視線を向ける番だった。目が合うと、さも楽しげに笑う。

「なるほどね。あいつらしい。二度と料亭に行かないと約束させられた」

「はは。いい秘書だねぇ。霧島さんでしたっけ？　真面目そうだし、律儀だ」

「確かにそうだな」

「あの人だけは味方みたいですね」

「堅物で面倒な男だが使える」

門倉は手塚との時間を楽しんでいることに気づいた。ルイや三蔵とは違う。あの二人といる時の楽しさとは異なるものを感じるのだ。それはセックスで得られる悦びとも違っていて、初めて感じる充実した時間をすでに手放しがたく感じていた。

会ってはいけない相手なのに。

会うべきではない相手なのに。

グラスを傾けながら、理性がこんなにも効かないことに驚いていた。もう少し、あと少し、ここで飲んでいたい。

「あいつと何を話した？」

「何って……」

「あいつが何を言ったのか気になる」

この男が何かを聞きたがるなんてめずらしく、小さな驚きを感じずにはいられなかった。

だが、門倉が知っているのは手塚のほんの一部だ。手塚を知っていた気になっていたことに気づき、勘違いするなと自分を戒める。

「社長がこれまでどんな思いで会社のトップに立ってきたのか知ってるか、なんて言われましたよ。だから邪魔をするなって。あそこまで惚《ほ》れ込まれるのは、いい気分でしょう？」

「羨《うらや》ましいのか？」

「まぁ、そうかな」

「お前のほうがファンはたくさんいるだろう」

皮肉なのか、ただの冗談なのか――。

思わずクスッと笑う。

「地位を守るために随分とご苦労されたんじゃ？」

「ふん、大した苦労はしてない。面倒なことは多いがな」

「あの人も大変でしょう？　あなたの世話をするなんて、ストレスが多そうだ」

「慣れてるから平気だ」

「自分のことのように言うんですね」

「あいつと何年一緒に仕事をしてきたと思う？」

秘書の男が少し羨ましくなった。もしかしたら、軽い嫉妬《しっと》くらいはしたのかもしれない。

言葉の端々から霧島への信頼が窺《うかが》える。霧島は、手塚にとって門倉にとってのルイや三蔵のように自分を裏切ることのない相手として、その存在が確立されているのだろう。

それから二人で一時間ほど飲んだ。時が経つのを忘れるくらい、いい時間だった。

手塚が時計で時間を確認すると、門倉もそろそろ帰ろうとグラスを空にする。立ち上がり、会計を済ませて預けていたコートを羽織った。手塚は憎らしいほど似合うロング丈のコートだった。男ぶりがいっそう上がる。

「随分冷えるね」

店の外に出ると、門倉は肩を竦《すく》めた。

寒いが、そのぶん空気が澄んでいて心地いい。ビルの間から見える空は随分と狭い。けれども、星が見えるとそれだけでいいものだ。

去りがたい気持ちになりながらも、いつまでもこうしているわけにもいかないと、駅のほうへ歩き出した。

「じゃあね、色男」

背中を向けたまま、軽く手を挙げる。手塚も歩き出したのが、足音でわかった。遠ざかるその音を聞きながら未練を断ち切るように、自分に言い聞かせる。

手塚と会うのはこれでおしまいだ。今度こそ、終わりにする。

何度そう繰り返しただろうか。一度は門倉とは逆方向に向かっていたはずの足音が、近づいてくるのに気づいた。

振り返る間もなく、腕を取られる。

「――っ！」

強い力で引っ張られ、戸惑うあまりほとんど抵抗もできずに路地のさらに奥へと連れ込まれた。壁に背中を押さえつけられて小さく呻《うめ》く。目の前には、手塚の顔があった。

腹立たしくなるほど冷静さを保った表情だ。

唇が近づいてくるのを、ただじっと見ていることしかできなかった。

「――ぅん……っ」

唇を塞《ふさ》がれ、門倉はなんの反応もできなかった。自分の身に起きていることが理解できず、侵入してくる手塚の舌に好き放題口内を嬲られる。

「ぅん……、んんっ」

バーで静かに飲んでいたなんて嘘のように、キスは情熱的で濃厚だった。キスで眩暈《めまい》を覚えるなど、これまでの門倉なら考えられなかった。もっと激しいセックスをしたこともあるというのに、自分の唇を奪う柔らかな手塚のそれに興奮を抑えきれなくなっている。

息があがり、欲しくなり、求めてしまいそうになるのだ。

「ぅん……、んんっ、……ど……いう……つもり、ですか」

唇が離れると戸惑いを口にするが、手塚は再び深く口づけてきた。

抵抗できなかったのは単に腕力の問題ではない。抵抗する力を奪うのは、理性を溶かす存在だ。

門倉にとってそれが目の前の男であることは、間違いない。

息があがる濃厚なキスに、思考する力まで奪われる。

「聞きたいのは俺のほうだ。どうしてここに来た？」

「どうしてって……っ、……ぁ……っ」

ようやく唇を解放されたかと思うと、臆《おく》することなく門倉を真正面から睨《ね》めつける手塚と目が合う。

「素直に答えろ。でないとこうだぞ」

「ぁ……」

ズボンの上から尻を摑まれただけで、門倉はあそこを疼かせた。数えきれないほど客を取り、経験豊富なはずなのに、躰は男など知らないというように手塚の手に反応する。きつく尻を摑まれ、その先が欲しくなる。

「なんだ、こうされるとイイのか？」

「ちょっと……やめて、くださいよ。……霧島さんに……怒られ、ますよ……」

唯一手塚が味方だと言う男のことを思い出させれば冷静さを取り戻すかもしれないと思ったが、逆効果だったようだ。

手塚はなんでもお見通しだとばかりに、凶暴な笑みを浮かべた。

「あいつのことを出すほど切羽詰まってるのか？」

「どういう、意味……っ、……あぁ……っ」

「お前の考えてることなんてわかる。欲しいんだろう？　本当は俺が欲しくてたまらないんだろう。自分からはねのけられない。だから、あいつのことを出して俺を引き下がらせようとしてる。違うか？」

何も言い返せなかった。

すべて見抜かれ、暴かれている。どんなに隠そうとしても隠しきれない。

「残念だったな。あいつの顔が浮かんだくらいで俺はやめないぞ」

「ぁ……っ」

耳元で囁《ささや》かれ、門倉は自分の理性が崩壊する音を聞いた気がした。


手塚の体温がこれほど自分を狂わせるものかと、門倉は驚きを隠せなかった。

路地の隅で立ったまま手塚に愛撫《あいぶ》されている門倉は、自分もまた目の前の男を求めていることを痛感していた。欲しくてたまらない。

「こんなところで……、よく……やれ、ますね……っ、……ぁあ……っ」

「商売以外ではセックスしたことないのか？　とんだ淫乱《いんらん》かと思えば、案外初心《うぶ》だな」

揶揄《やゆ》されて睨《にら》むが、勝ち誇ったような笑みを見て無駄だと悟った。敵《かな》わない。

「はぁ……っ、……ぅ……ん、……んぁ……」

自分たちの吐く息が白く濁って、どれだけの熱を抱え込んでいるのか見せられているようだった。空気はキンと冷えているのに、寒いと感じない。むしろこの冷たさが火照《ほて》った躰を冷やしてくれて、ちょうどいいくらいだ。

もし外の空気が冷えてなければ、自分の熱に焼かれて発火したのではと思ってしまう。

「俺が忘れられないいんだろう？」

「——っ！」

ふ、と笑う手塚の悪そうな笑みに、羞恥《しゅうち》を煽《あお》られた。さらに股間《こかん》を押しつけられ、雄々しくそそり勃《た》ったものをありありと感じさせられた。

主導権は、完全に手塚側にある。

煽るのも焦らすのも、手塚の思いどおりだ。門倉がいくら欲しがろうと、手塚がその気になるまできっと与えてくれない。

「なんだ、やっぱり初心じゃないか」

ベルトに手をかけられ、前をくつろげられて危機感に見舞われる。

「ちょ……、本気か……」

「当たり前だ。ここまでやっといて『はい終わり』か？　子供じゃないんだぞ」

「……っく」

膝までズボンを下ろされ、下着の上から双丘をグッと摑まれて後ろが疼いた。先ほどよりも指の感覚がはっきりとしていていけない。痛いくらい喰い込んでくる指に、門倉の被虐が目覚めるのだ。

さらに中心を握られて躰がビクンと跳ねる。

なぜ手塚はこんなにも自分の躰を知り尽くしているのだろうと不思議でならなかった。

「もうこんなだぞ。びしょびしょに濡れてる」

先走りを指で塗り込めながら、先端を嬲られる。くびれに指が当たると、信じられないほどの快感に躰が痺《しび》れた。軽く電流でも流されたかのように爪先《つまさき》まで痺れが走り、立っていられなくなるのだ。そして、その先を求めてしまう。

「はぁ……っ」

こんなにも誰かを欲したことはなかった。手塚を求めるあまり、先を濡らしていることが恥ずかしい。

条件反射のようにすぐに男を受け入れる準備をする躰に、これほど恥じらいを覚えたことはなかった。羞恥などとうに捨てたはずなのに、今門倉の身を焦がしているのは紛れもなくそれによるものだった。なぜだかわからないが、大胆に脚を広げて受け入れられない。いつも客にしていることができない。

「躰は正直だな」

「ぅん……っ、んんっ、……んっ」

再び唇を塞がれ、さらに中心を嬲られてどうしようもなくなった。手を取られて自分でも嬲れと握らされ、従ってしまう。失いかけた理性を取り戻さなければならないのに、さらに深いところに足を囚われてしまっていた。

手塚が自分のものを取り出す気配に、ジンと下半身が熱くなる。

「よ、……よく、考えた……ほうが、……いいんじゃ……、……はぁ……っ、……ぁ……あ……ぁ、あの……忠実な、……秘書への……裏切りだと思わっ、な……いんですか？」

「お前こそいいのか？　客と外でこんなことをしてると知られたらまずいだろう」言いながら互いの屹立《きつりつ》を一緒に握り、さらに愛撫を加える。

手塚のと自分のものが直接触れ合っているだけでも、快感は増幅した。

男同士の行為に今さら禁忌を覚えはしない。そんな時期はとうに過ぎたはずだ。

それなのに、相手があの手塚だと思うと違うらしい。互いに性器を剝き出しにして擦《こす》りつけ合っていることに、これまで感じたことのない興奮を覚える。

普段はスーツをきっちりと身に着けた理性の塊のような相手というのも、理由かもしれない。

息が苦しくなるほどの興奮に見舞われ、自分が自分でないようだった。タガが外れるとは、こういうことを言うのか。

これまでの経験などすべて吹き飛んでしまう。触れられるところすべてが性感帯になったかのように、反応してしまう。

「なんだ、もう限界か？」

「ぁ……っ」

膝まで下ろされたズボンから左足だけ抜き取られる。そしてあてがわれ、それがいつでも門倉を貫ける状態であることを教えられた。ますます欲しくなるが、手塚はすぐには与えてくれない。

その雄々しさを誇示しながら、焦らすだけ焦らして愉《たの》しんでいる。

「……っ、……ッは、……っく、……っ、……はぁ」

「いいぞ、いい顔だ」

「いい、性格……してるな」

「お前のその顔を見るのは愉しいぞ」

「——ぁあ……っ！」

いきなり押し入られ、掠《かす》れた声をあげた。

まだ焦らされると思っていただけに、不意打ちを喰らって全身が快感で包まれる。意識が飛びそうなくらいの愉悦は、門倉をいとも簡単に絶頂へと押し上げた。

「ぁ……あ……ぁ」

次の瞬間、門倉はぶるぶるっ、と下腹部を震わせていた。まずいと思った瞬間すでに射精してしまっていて、堪える余裕すらなかった。

こんなふうに射精したのは、初めてかもしれない。

「粗相をしたな」

愉しげに言われて、頬がカッと熱くなる。それを見た手塚は機嫌をよくしたのか、やんわりと腰を前後に動かし始めた。

手塚のロングコートで下半身は隠れているが、抱えられた裸の左足だけが剝き出しになっていて、門倉の視界に映っていた。こんな場所で自分の生足を見るなんて思っておらず、このあり得ない状況が動物的な興奮を誘った。

「尻……冷たい、ん……です、けど……っ、……はぁ……っ」

「それもいいんじゃないのか？」

「――っく」

確かにそうだった。

熱いのか冷たいのか、わからない。

外気に晒《さら》されている部分と繋がった部分の温度があまりにも違いすぎて、自分の躰ではないように感じた。だが、それがたまらなくイイことだけは確かだ。

手塚の屹立で中を掻き回され、思考は次第に鈍くなり、快楽の奴隷となる。

あれだけ躰を繋いでおいて、今さら手塚とのセックスにこれほど翻弄されるなんて、いったいどうしてしまったのだろう。

何もわからないまま、自分の中を掻き回す手塚に染められる。

「ぁ……っく、……はぁ……っ、……あ、……あぁ……っ」

「今日は余裕がないな」

「……ぁ……、……ッく、……ぅ……う……ん」

いやらしく腰を回すようにしながら下から何度も突き上げられると、蕩《とろ》けそうだ。

門倉は、手塚がなぜ自分を抱くのかわからなかった。

金ならあり余っているはずだ。

性欲を満たすためなら、何もこんなところで門倉のような男を抱かなくてもいい。金持ち専用の高級娼婦《しょうふ》を扱う店もあるはずだ。それこそ芸能人レベルの美男美女を抱くことも可能だろう。

だが、出入り禁止になった相手と、いつ誰が通るかわからない場所で冷たい空気に晒されながら動物のように交わっている。

「本当はここがいいんだろう？」

中心を握られ、人差し指を小さな切れ目にねじ込まれて痛みに呻いた。けれども、それは快感と似た痛みで、握られたものはますます硬くなる。

「躰は正直だな」

「ぁあ……ぅ……ん、……ん……ぁ……あ……ぁ、……ッふ、……ん……ぁ」

先走りがたっぷり溢れていて、さすがの門倉も恥ずかしくなった。十分に与えられる前に躰が暴走してしまう。もっとそこを弄って欲しいと訴えてしまう。

「そこ……、もっと……、痛く、……してくれ……っ」

「痛いのがいいのか？」

「そ……だ、……痛いのが……いいんだよ」

「命令ばかりするんだな」

「今日は、金貰って…ないんでね」

「確かにな」

「——ぁ……っ！」

　よりいっそう指を深くねじ込まれた。切れ目が裂けそうだ。快感だった。裂けそうなほど無理を強いられることに、酔い痴《し》れている。

　堪えきれず、門倉は手塚の首に腕を回して自ら深く口づけた。もっとひどくしてくれと訴えるように、積極的に唇を吸い、舌を絡ませる。

「ぅん……、ぅう……ん、……んぁ……、……ッふ」

　手塚が自分の中をゆっくりと出入りすると、門倉はその頭を掻き抱いて腰を浮かせた。イイところに当たるよう探す。

　腰を突き出しながら見つめ合い、口づけを交わしてはまた見つめ合う。キスでこれほど蕩けたことなど、今まで一度もない。

「あ、あ、あっ、……んぁ……」

これほどの快感があっただろうか。

すすり泣くように唇の間から甘い声を漏らす自分を信じがたく思いながら、さらなる深みに嵌《はま》っていく。

底なし沼だ。

もがくほどどっぷりと深く落ち込んでしまう。

「……ぁ……ぅん……、……ぅん……、んんっ、んっ、んっ」

動物じみたキスは、さらに二人を獣にした。互いの熱が互いを焼くような交わりは、誰にも気づかれることなく路地の冷たい空気を揺らす。邪魔する者はなく、ビルの間の空が二人を見下ろしているだけだ。

その夜、門倉は暗い路地に熱い息を吐き続けた。


手塚との逢瀬《おうせ》がやめられなくなった。

あれから二人は、頻繁に外で会うようになっていた。特に約束をしているわけではない。

だが、同じ時間、同じ場所で二人は落ち合い、酒を軽く飲んだあとどちらからともなく店を出て移動するようになっていた。

あっという間に年の暮れになり、新年が訪れたが関係は続いている。

最初は外だったが、二度目からはホテルを使った。どちらから誘うでもなく、言葉にせずともそうなっている。もうやめようと思っているのに、ずるずるとここまできた。

（やばいな……）

自分の部屋でちゃぶ台にだらしなく頬杖《ほおづえ》をつき、ため息ばかり零している。

男と外で会っていることを知られることを恐れていない。殴られたりすることは慣れている。痛みなど、どうってことない。

門倉を焦らせているのは、手塚という存在から抜け出せなくなりそうなことに対する危機感だ。自分の意思でやめられない。いけないとわかっていて、つい手を出してしまう。

そして、なぜあの男が自分を抱き続けるのかわからなかった。

信頼している秘書の言いつけを破って、なぜ逢瀬を繰り返すのか――。

「大体、どういうつもりなんだ」

ぽつりと独り言を漏らし、ため息をつく。

男同士のセックスに嵌ったなんて、単純な理由ではないはずだ。男が買えるのは何もここだけではない。かといって手塚が自分に執着しているなんて、大それた考えを持っているわけもなかった。ただただ不可解なだけで、答えの出ない疑問だけが頭の中を駆け巡っている。

「壱っちゃ〜ん、いる〜？」

扉が開いたかと思うと、ルイと三蔵が顔を覗かせた。手にはお菓子を持っている。

二人はだらしなく座っている門倉の前に腰を下ろして、さっそくお菓子を広げた。

「ねぇ、紅茶かコーヒー淹れていい？」

「んー」

門倉が適当に返事をすると、ルイが急須《きゅうす》で紅茶を入れてすぐに戻ってくる。マグカップを三つ並べてそれを注ぐと、柑橘《かんきつ》系のいい香りがした。

「なんだそれ」

「レディグレイ。オレンジピールとレモンピールで香りづけしてあるんだって。焼き菓子に合うよ」

「旨そうじゃなぁ。わしはふぃなんしぇを貰おうかのう」

二人がお菓子の包みを開けて食べるのを、門倉はぼんやりと見ていた。

「ねぇ。それより壱っちゃん、どうしたんだよ〜？」

「ん〜？」

「なんかため息ばっかりだよ」

「ため息は恋の証じゃ〜」

ひゃっひゃっひゃ、と三蔵が笑う。

「ねぇ、壱っちゃん。まさか、またあの色男と外で会ったりしてないよね？」

鋭い言葉に、門倉は返事をすることができなかった。こんなに動揺するなんて、やはり手塚が絡むと自分が自分でなくなる。

「中野を怒らせると怖いよ？　足抜けしたとしても、水商売じゃ生きていけなくなる。戸籍のない壱っちゃんには厳しいんじゃないの？」

ルイの言うとおりだ。見つからないうちにやめなければ、生きる場所を失ってしまう。誰の世話にもならずに生きていくことが、困難になる。

「最近、休みの日はよく出かけてるけど、今日もどこか行くの？」

ルイは心配そうな顔をしていた。行かないと言いたいが、言葉は出ない。行かないでいられる自信はない。

その時間が来ると、門倉は吸い寄せられるかのようにあのバーに行ってしまうのだ。もちろん毎週会えるわけではない。会えずに帰ってくる時もある。けれどもあそこで過ごす時間は、すでに門倉の日常になりつつあった。

それだけではない。もう一つ大きな変化が、門倉に起こっていた。

客を取ることが苦痛になってきたのだ。今まで当たり前のようにしてきたことが、面倒になった。その最中に自分は何をしてるのだろうと、ふと冷静になることが多くなった。

躰の相性がいい相手とは愉しんだことすらあった門倉が、だ。

ここに来る前も金のために躰を売ったことがあったせいか、仕事だと割り切るのも早かったのに、なぜここにきてこんな気持ちになるのかわからない。

「いつまでこの商売続けるんだろうな」

ふいに零した疑問に、ルイも三蔵も答えなかった。普段は疑問にすら思わないことを口にされ、どう返していいのかわからないのだろう。同じ思いに陥ったこともあったかもしれない。だが、直視しないことで平静を保っていた。

「ねぇ、たまにはみんなで一緒に鍋《なべ》パーティーでもしない？」

ルイが突然、明るい声を出した。重くなる空気を一掃しようという意図が見え、門倉もいつまでも暗い顔を晒しているのもよくないと思い、乗ることにした。

「いいねぇ、鍋。三蔵も好きだろ？」

「好きじゃ〜」

「じゃあ決まりだね。美味しい出汁《だし》でさ、魚とか鶏とか煮ちゃってさ、締めはうどんとか入れるんだよ。三蔵は最近胃腸の調子がよくないから、躰に優しいものを摂らないとね」

「そうと決まったら、準備するかねぇ」

「やった〜、壱っちゃんと三蔵とみんなで鍋パーティーだ〜」

ルイや三蔵と気晴らしをすれば、あのバーに行こうとする衝動を抑えられるかもしれない。

　そんなふうに思い、手塚のことを考えないようにする。

「あ、そうだ。幸《こう》ちゃんも誘っていい？」

「幸ちゃん？」

「そう。幸一《こういち》だから幸ちゃん」

　ルイによると、隣の部屋の住人らしい。まだ開き直って躰を売るには至っておらず、仕事以外の時は部屋に籠《こも》って鬱々《うつうつ》としているのだという。元気づけたいというのがルイらしくて、門倉も三蔵も二つ返事でいいと言った。

「鍋なら人数が多いほうがいいからな」

「じゃあ、わしも友達呼んでいいか～？　最近、盆栽仲間ができたんじゃ」

「大歓迎だよ。今日は中野もいないし！　ね、壱っちゃんもいいでしょ？」

「ああ、もちろんだ」

　そうと決まるとルイが幸一を呼びに行き、三蔵が盆栽友達に連絡をする。

　幸一は迷っていたようだったが、ルイの押しに負けたようで連れてこられた。部屋に入ってくる彼を見て、門倉は見覚えのある顔だと気づく。

　男二人に無理やり仕込まれているのを覗き見たが、あの時の少年だ。痛い痛いと訴えているのを見て、かわいそうになったのをよく覚えている。覗いていることを中野に気づかれて、もう少し手加減してやったらどうだと進言した。だが、無駄だった。

男が男に抱かれる快感を知った者に、手助けは必要ない。

「は～い、これが幸ちゃん。壱っちゃんだよ。あともう一人三蔵ってのがいるんだ」

ルイに紹介されると、ぺこりと頭を下げる。

「こんにちは。お邪魔します」

「ここの生活には慣れたかい？」

「はい、まぁなんとか」

「慣れるさ。人間ってのは、慣れるんだ」

軽く背中を叩いて励ますと、幸一の表情は少し柔らかくなった。電話を終えた三蔵が笑顔で戻ってきたのを見て、どうやら盆栽友達も来られるようだとわかる。

三蔵の友達は、ノブちゃんと呼ばれていた。

ちょうど孫が遊びに来ているため、孫も連れてきたいという。段々人数が多くなるが、気にせず受け入れた。他にも何人か部屋で過ごしている者が自分もと言って合流し、あっという間に十人になってしまう。

カセットコンロや鍋を買い足す羽目になるが、これほどの人数で食べることなど滅多になく、楽しむことにする。

手分けして買い物を済ませて戻ってくると、ノブちゃんが孫を連れてきたところだった。

「今日はすまんの～。世話になるぞい」

「おじいちゃん、僕もつ鍋がいい」

「あたしも～」

「ほら、まず挨拶をせんか」

子供たちは元気で、声を揃えて元気な挨拶をする。三蔵が嬉しそうに目を細めていた。

「ほうほう、元気元気。子供は元気が一番じゃ。もつ鍋はこっちのテーブルじゃから」

「料理できる人は僕の部屋で材料切るの手伝って～。準備できたものから運ぶから、そしたら火を入れて始めちゃっていいよ」

中野が不在なのをいいことに、みんな遠慮なく楽しんでいた。途中、何事かと覗きにきたここの住人がまた二人仲間に入り、結局十二人に増える。

門倉はルイが中心となって切った食材を運んだ。

「まず、お肉とお魚とキノコ類から入れるんだよ。こっちが水炊き用ね。で、こっちが海鮮用。これはモツ鍋用。わかった？」

「了解」

ルイが三つある鍋ごとに食材を分けてくれたため、わかりやすい。幸一と一緒に部屋に戻ると、中では腹ペコどもが今か今かと門倉たちを待っていた。

「海鮮鍋じゃ～。わしの大好物の鮟鱇《あんこう》もあるぞ」

「おじいちゃん、僕もつ鍋がいい！」

「ほらほら急ぐな。みんなで仲良くかわりばんこじゃぞ」

出汁が温まったところでルイに言われた順番で食材を投入していく。人の熱気と鍋から上がる熱で部屋の温度はすぐに上がった。窓を開けて風を入れるが、それでもまだ汗ばむくらいだ。入ってくる冷たい風が心地いい。

「ふぅ、やっと終わった。みんな食べてる～？」

準備を終えたルイが戻ってきた。時計を見ると七時を過ぎている。門倉は隣の席を空け、そこにルイを座らせて海鮮鍋を取ってやる。

「はい、お疲れ」

「壱っちゃんありがと～。優しい男はモテるよ～」

三種類の鍋をみんなで囲み、時々席替えをして違う味の鍋を堪能《たんのう》した。

最初は寂しそうな顔をしていた幸一も、時間が経つにつれて笑うようになった。子供たちがいるのもよかったのだろう。小さな子供たちは幸一に懐いて、あれを取ってこれを取ってと取り皿を幸一に渡して鍋をよそってもらっていた。歳の離れた兄弟みたいで、見ていて微笑ましい。

瞬く間に食材はみんなの腹に収まり、締めに入る。

（もう八時か……）

時計を見ると、五分ほど過ぎていた。楽しい時間はあっという間に過ぎるものだ。

「締めはなんにする？　いろいろあるよ。もつ鍋はちゃんぽんでいいとして、海鮮と水炊きはどうしよう」

「春雨！」

「うどんだよ～」

「わしは蕎麦《そば》がいい」

「蕎麦はないよ」

みんなが好き放題あれがいいこれがいいと言うため、なかなか決まらない。おじやがいいと言う者もいて、段々収拾がつかなくなる。ジャンケンで決めるなどと言う者も出る始末。

この街の住人らしいとそれを傍観していた門倉は、もう一度時計を見た。

八時十分。

門倉は、自分が何度も時計を見てしまっていることに気づいた。楽しそうなみんなの中にいても、どこか遠くから見ているような感覚がある。心底この集まりを楽しんでいない。

それがなぜなのか――。

考えずともわかる。

（なんだよそれ……）

嗤い、自分に呆れた。せっかくルイが気遣ってくれたのに、台無しだ。

美味しい鍋料理。ここで暮らす者の楽しそうな笑い声。門倉たちの世界とは無縁の場所で生きている者も、今は仲間として一緒に鍋を囲んでいる。幸せなことだ。

だが、これだけ恵まれた状況の中にいても心が満たされない。

みんながワイワイ騒いでいる中、門倉は気づかれないようそっと部屋を出た。そして、階段を下りていく。

（ごめん、ルイ）

一度行動に起こすと、自分を抑えられなくなった。見えない何かに誘われるように、通りでタクシーを探す。雌が放つフェロモンに誘われる牡《おす》のように、ふらふらと求めてしまうのだ。頭で考えようとしてもできない。

タクシーはすぐには見つからず、もう少し車通りの多いところまで行こうとした時だった。

「壱っちゃん！」

呼びとめられ、門倉は振り返った。こっそり出てきたつもりだが、ルイには気づかれてしまったようだ。

心配そうな顔をしているルイを見て、自分がしていることの愚かさを改めて痛感する。

行くの？

その表情から、そう聞いているとわかった。

「ごめん、俺やっぱり行ってくる」

先の見えない関係に、刹那《せつな》の快感を求めているだけなのかもしれない。それでも、自分の気持ちを抑えられなかった。

門倉の顔を見てとめても無駄だと思ったのか、ルイは小さく頷いて踵を返した。トボトボと歩いていく背中を見送り、再び大通りのほうへ歩き出す。

しかし、空車のタクシーを見つけるまでもなく、門倉に一台の車が近づいてきた。

「乗れ」

「なんで……」

運転している男の姿を見て、門倉は自分の目を疑った。まさか手塚がこんなところにいるとは、夢にも思わなかった。偶然にしても、できすぎている。

「お前が来るとわかっていたからな」

だから、迎えに来たというのか――。

信じられなかったが、誰かに見られでもしたら大変なことになると思い、すぐに車に乗り込んだ。手塚はドアが閉まるか閉まらないかのタイミングでアクセルを深く踏み込む。

運ばれている間、門倉は何も言葉にできなかった。ただただ信じられないという思いでいっぱいなだけだ。

車はしばらく走っていたが、ホテルに入るでもなく人気のない場所へと入っていった。小さな運送会社や工場やその事務所があるような一画で、街灯がポツポツと闇《やみ》を照らしている。

「……っ」

シートを倒され、いきなり唇を塞がれた。狭い車内では身動きはあまりできず、上から伸しかかられて存分に口内を嬲られる。

「ぅん、……んんっ、……ん……ぁ……、……ッふ」

唇が離れていくと、怒ったような真剣な目で自分を見下ろす手塚を鼻で嗤った。

「動物みたいだな」

「カーセックスは初めてか？」

揶揄の入った言い方に、余裕を感じる。

「さぁね」

煽るようなことを口にしてしまい、自分が手塚をいかに欲しているかわかった。

手塚の激しさに晒されたい——。

強烈に突き上げてくる気持ちはもう消すことはできず、どうにでもなれ……、と手塚の行為に素直に応じた。互いの衣服を剝《は》ぎ取る手に余裕がないのが、自分でもよくわかる。

車を揺らしながら求め合う二人のことは、誰も見ていない。

手塚と抱き合ったあとの躰は、火照りがなかなか収まらなかった。

まるで木炭のようにジリジリと熱く燃え続けている。炎や煙を激しく上げるような目に見えてわかる熱ではない。だが、静かに燃える様子からは想像できないほど、その中心はとてつもなく熱い。

（今、何時だ……？）

門倉は、けだるくシートに躰を預けていた。半ば放心状態で、静かな時間を手塚と共有している。車の時計を見て、二時間ほどが過ぎたとわかった。

狭い車内には、自分たちが放ったものを拭《ぬぐ》ったティッシュが散乱している。だらしなく放り捨てられたそれを見ていると、己の浅ましさを目の当たりにした気がした。車内のあちこちに足をぶつけながら互いを貪り、求め合った。自分を見失うほどの熱情に焼かれ、何もかも忘れた。

自分でも驚くほどの衝動に戸惑いながらも、理性を捨ててそれに従うことの悦びは言葉では形容できない。

しばらくぼんやりしていたが、手塚が鼻歌を歌う声が聞こえてきた。歌詞はなくハミングしているだけだが、どこか聴き覚えのあるメロディに次第に現実に呼び戻されていく。耳に心地よく、どこか懐かしい。

（なんだっけなぁ）

ぼんやりとまどろみながら、耳を傾けていた。手塚のような男が、こんなに優しいメロディを口ずさむなんて意外だ。

不思議に思っていると、ふいに母の声が脳裏に蘇って手塚の歌と重なる。

『みんなで仲良く暮らしてる〜、壱っちゃんとお母さん』

心臓が跳ねた。

跳ね起きようとしたが、散々手塚に突き上げられた躰は言うことを聞かない。なんとか身を起こし、驚きを隠せないまま手塚を見た。言葉が出ない。

門倉が目を覚ましていたことに気づいた手塚は、軽く笑った。

「歌ってのは、いつまでも記憶に残るもんだな」

「なんでその歌……」

門倉は、手塚を凝視していた。

脳裏に蘇ったのは、母親が連れてきた子供だ。今日から家族だと言って、母親が連れてきた。夜は門倉と一緒の布団で寝て、一緒にご飯を食べた。一緒に海に行ったこともある。

まさか。

まさか、あの時の子供が——。

信じられなかった。母が弟だと言って連れてきた子供が、手塚だというのか。もしそうなら、手塚が門倉のところに来たのは偶然ではないということになる。何か目的があって、門倉に会いに来た。

だから、初めは門倉を抱かなかったのだ。指一本触れなかった。

けれどもどうして。

その目的がわからず、手塚が何か言うのを黙って待つ。すると、手塚はこれまで見たことのない何かを懐かしむような柔らかな表情をし、遠くを見ながら話し始めた。

「俺の母親は歌を歌ってくれるような女じゃなかったからな。気が緩むとつい口ずさんでしまう。この歌を歌ってくれた人は、優しかったよ」

その言葉をきっかけに、ある記憶が蘇る。ずっと忘れていた記憶だ。

母がよく口にしていたあの歌には、続きがあった。

『みんなで仲良く暮らしてる〜。壱っちゃんとお母さん。宗ちゃんも仲間に加わって〜、みんなで仲良しこよし〜』

ああ……、と門倉は今まで忘れていたことに嘆息せずにはいられなかった。

だからだ。

だから、『二人で』じゃなく『みんなで』なのだ。三人いたから『みんなで仲良く暮らしてる』という歌なのだ。

今まで疑問にも思わなかったことだが、こうして真実を明かされると合点がいく。

「なるほどね。あの時お袋が連れてきた子供だったたってわけか。どうりで男を買いそうにないあんたが俺を買いにきたわけだ」

「まだお前が知らないことがあるぞ」

「何？　まだあるってなんだよ」

「俺がどうしてお前に会いに、色町なんかに行ったと思う？」

わからなかった。先ほどから考えているが、想像もつかない。誘拐事件として扱われた出来事だ。トラウマになる経験だったとしたら、あの時の恨みを晴らすためかトラウマの克服のためかと考えるのが普通だが、手塚からはそんな感情は読み取れない。

そもそもあんな小さな頃に一時的に一緒にいただけの相手だ。連れていかれた場所がどこなのかすら覚えていないだろう。

手がかりなど、本当に探せるものだろうか。

「お前のお袋さんが俺を連れて帰ったのは、ただの偶然だと思うか？」

「え……」

「たまたまか？　たまたまそこにいたガキを連れ帰ったと思ってるのか？」

「何を言って……」

じっと見られ、息がつまる。

なぜ、門倉の母親は手塚を連れてきたのか。偶然ではないとしたら、なぜ手塚を選んで連れてきたのか。

その理由を考えると、とてつもなく恐ろしくなってくる。

本当は薄々わかっているのかもしれない。明かされようとしている真実がなんなのか、門倉も気づいている。けれども、思考はそれを拒否しているのだ。

聞いては駄目だ。聞かないほうがいい。

どこかでそんな声が聞こえてくる。しかし、ここまで言ったからには、手塚はやめないだろう。言うつもりはなかったのかもしれないが、鼻歌を聞かれた瞬間からそれは決まっていた。

「俺たちは――」

「ちょっと待ってくれ。冗談だろう。冗談が過ぎるだろう」

門倉は力なく嗤い、片手で頭を抱えるように髪を搔き上げた。

「まさかそんな……」

「現実逃避しても事実は変わらないぞ、兄さん」

ドキリとした。

兄さん。

トドメを刺された気分だ。

「俺たちは、腹違いの兄弟だ」

こうしてはっきり言葉にされると、この重大な事実がより深く心に刺さってくる。

手塚と門倉が腹違いの兄弟。

明かされた真実はあまりにも衝撃が大きくて、頭が混乱して平常心を保てない。

俺は弟と寝たのか。

腹違いの弟に抱かれたのか。

あれだけの逢瀬を繰り返し、様々なプレイを愉しんだ相手が腹違いの弟だというのか。

門倉は何度もそう繰り返した。これまで何人もの男に足を開き、常識的とはいえない生き方をしてきたが、そんな門倉ですらこの事実をやすやすとは受け入れられない。道徳なんて説くようなタイプではないが、次元が違う。

「あの事件はずっと心に残ってた。一緒に海に行ったのを覚えてるか？」

「覚えてるよ。最近まで忘れてたけどな」

「海で遊んだことなんてなかった。笑いながら一緒に飯を喰ったりテレビを見たり、食べ物を分け合ったりすることもなかった。誰かと一緒の布団で寝ることもな」

「そんなの……普通のことだろう」

門倉の言葉に、手塚は軽く鼻を鳴らした。手塚にとってはそうでなかったらしい。

「俺の母親は親父に隠し子がいることを知ったショックからおかしくなってた。もともと潔癖なところがあったからな」

その口から、真実が静かに語られた。

手塚の母親が夫の浮気と隠し子のことを知ったのは、門倉の母親と別れたあとも女を作っていたからだった。夫の浮気に気づいた彼女は、人を雇うなどありとあらゆる手を使い、過去の女関係もすべて洗った。小さな噂《うわさ》でも、その根拠がなんなのか調べさせる徹底のしようだった。

手切れ金に使った金や他の女に貢いだ金が、夫から言い訳の言葉を奪ったようだ。初めのうちは否定していたようだが、結局全部白状した。

「お袋がそれを知ったのが、自分の妊娠の発覚後だった。俺を産んだ時は、すでにおかしくなり始めていたらしい。今は専門の病院に入院してる。入院したのはここ十年のことだが、俺を親父だと勘違いして、当時のことについて俺を責め立てていろいろ話してくれるよ。だから、俺も親父に隠し子がいることを知った」

それらの話から、手塚がどんな幼少期を過ごしてきたのか想像できた。あれだけの大きなホテルを経営する社長だ。父親は仕事で忙しくて家庭を顧みる暇などなかったに違いない。母親はおそらくネグレクトに近い状態だったのだろう。

手塚の性格の形成は、若くして会社を継いだことによるものだと思っていた。自分の失脚を願う者に囲まれ、生き馬の目を抜くような環境に置かれたからこそのものだと……。

だが、それだけではなかった。もっと根深いものがあった。

手塚は『愛』を知らないのだ。両親から愛を注がれた記憶がないから、愛し方がわからない。

「俺を交番に連れていってくれたよな?」

「……ああ、さすがにまずいって子供心にわかってたからな」

「俺はあのままでもよかった」

手塚の言葉とは思えなかった。子供時代だったとはいえ、手塚がそんなふうに感じていたなんて驚きだ。

「家に帰した俺を恨んでるのか?」

「子供がよかれと思ってやったことだろう。恨むなんて馬鹿馬鹿しい。ただ……」

手塚が言い淀むことなど滅多になく、それだけでもこれから口にされる思いが軽いものではないとわかる。本人すら自覚していない思いが、そこにはあるのかもしれない。

何を言われるのだろうとじっと待っていると、手塚は静かにこう続けた。

「もう一度会いたかった」

心臓をグッと掴まれた気分だった。

手塚の口からそんな言葉を聞くことになるなんて、誰が想像しただろうか。

「だから、探偵を使って探した。俺を親父だと思ったお袋がいろいろ話すようになって、あの時俺を連れていったのは親父の隠し子を産んだ人なんじゃないかと考えるようになったからだ。お袋の話す彼女の特徴と一致してたからな。俺の予想は当たってたってわけだ。だけどやっと見つけたと思ったら、おばさんは亡くなっていてお前は男相手に足を開いてるだと？　はっ、嗤ったよ」

軽蔑《けいべつ》しているのかと思いきや、そこには別の感情が見え隠れしていた。

「だったらなんで俺を抱いたんだ？」

「知るか」

手塚が自分を愛しているというのは、自惚《うぬぼ》れだろうか——。

「なんだ、こうなったことを後悔してるのか？」

「はは……、弟って……さすがに無理でしょ」

やはり会うべきではなかった。

今なら引き返せる。手塚が自分の気持ちに気づく前なら、関係を絶つことができる。どう考えても、自分のような男が手塚と一緒にいていいわけがない。手塚の足枷《あしかせ》にしかならないだろうとわかっているからだ。

「帰る」

「おい！」

車を降りようとしたが腕を掴まれる。たったそれだけで、収まりかけている熱が再び目を覚ますのを感じた。触れられただけで、どうにかなってしまいそうだ。

「逃げるな」

門倉は振り返らなかった。

「逃げるな？　逃げるよ。あのねぇ、さすがに兄弟でセックスなんてまずいでしょ」

「どうしてだ？　子供ができるわけじゃない」

からかっているのかと言いたくなるが、手塚にそんな意図がないのもわかる。

「兄弟だぞ！」

めずらしく声を荒らげてしまい、自覚していた以上に動揺していることに気づいた。けれどもそれも当然のことだ。

母親が早くに死んで一人で生きてきた。たった一人の家族を失い、親戚《しんせき》がいるかどうかもわからず、一人だと思っていた。友達はいるが、血の繋がった者との関係というのは特別だ。

それなのに、腹違いとはいえ自分に弟がいたなんて。

弟と知らずにセックスをしていたなんて。

「この先も兄弟でセックスするのか？　不毛すぎるだろう」

「今さらそんなことを気にするタマか？」

確かに手塚の言うとおりだ。もう一線はとうに越えている。今さら何をやっても遅い。

だが、たとえ遅くてもたった一人の弟をこんな道に引きずり込んではいけないという気持ちは拭うことはできず、門倉は二度と手塚と会うまいと決心した。

「放せ！」

手塚の手を振り払い、逃げるように車を降りる。

「俺はまた来るぞ、兄さん」

兄さん——そう呼ぶ手塚の声が、いつまでも耳にこびりついて離れなかった。


弟とセックスをした。

その事実に、門倉は打ちのめされていた。これまで感じたことのない罪悪感に見舞われている。たった一人の弟の人生を狂わせたのかもしれないと思うと、金を取って躰を開いてきた自分の人生すら後悔した。

知らなかったなんて、言い訳にもならない。

　みんなで鍋をしている最中に抜け出した門倉が青ざめた顔で帰ってきたのを見たルイが、門倉のことを今朝《けさ》からずっと心配していた。

　一晩そっとしておいてくれたが、そろそろまた顔を出すだろう。今日は何度も門倉の部屋の扉の前で人の気配がした。迷うような足音はドアの前で立ちどまり、少し動いてまた立ちどまり、立ち去るを何度か繰り返した。

　再び同じ気配がして、扉の前でとまる。今度は立ち去らず、中に入ってきた。

「壱っちゃん、いる？」

　ここに足を運んだのは、何度目なのだろうか。そう考えるとルイの優しさが身に染みる。

「大丈夫？」

　おずおずと聞いてくるルイを見て心配をかけたらいけないと思うが、作り笑いをする気力もなかった。作った笑みは、形になる前に消えただろう。

「……弟だった」

「え？」

「手塚だよ。俺の弟だったんだ、腹違いの」

「……嘘」

　それ以上、言葉が出ないらしい。

　それもそうだろうと嗤い、自分が犯した罪の重さを感じる。

「どうりで男を買いに来たにしては、手を出さなかったわけだよ」

「じゃあ、あの色男は壱っちゃんを捜しにここに来たの？　壱っちゃんは、自分に腹違いの弟がいたの知ってたの？」

「いいや、知らなかった。でも、子供の頃に会ってた。お袋が連れてきたんだ」

門倉は、過去の出来事をルイに話して聞かせた。

どんなふうに話したか、よく覚えていない。筋道を立てて話すことはできなかった。それでもルイは、次々と零れる門倉の言葉をちゃんと聞いてくれる。おかげで少し落ち着いた。だが、全部吐き出せば少しは楽になるかと思ったが、違った。事実はさらに重く伸しかかる。どう足掻《あが》いても、手塚との関係がいい方向に向かうわけがなかった。

事実は事実だ。変えられない。

「弟だって……弟だぞ？」

門倉は、力なく嗤った。ルイがどう言っていいかわからず困っているようだったが、しばらくするとおずおずと聞いてくる。

「壱っちゃん……、もしかして、本気だった？」

意外な言葉にハッとした。その言葉を嚙みしめるように心の中で繰り返す。

「あの手塚って人を本気で愛してたんじゃないの？　鍋パーティーを抜け出して会いに行ったじゃない。愛だよそれ。僕が呼びとめた時の壱っちゃんの顔、今まで見たことない表情してたよ。自分をとめられないくらい愛してるって感じだった」

「何言ってるんだ。まさかそんなことが……」

門倉は最後まで言えなかった。兄弟と知ってこれだけショックを受けている理由はなんなのかと考えると、今まで気づきもしなかった己の思いを直視させられる。

（そんな……）

認めたくなくて。だが、認めざるを得なくて――。

どう足掻いても自分の中にある手塚への想いは、ルイの言うそれでしかなかった。それ以外考えられなかった。

周り中敵だらけの男。

自分の失態を望む者に囲まれている中、成功を収め、そして勝ち続けている。手塚がトップに立つことを面白くなく思う者は、さぞかし悔しがっていることだろう。

女の嫉妬は醜いというが、男の嫉妬もかなりドロドロしている。

だが、どれだけの負の感情を浴びせられようと歯牙《しが》にもかけない。そんなことは気にもとめない。だからこそ、孤高でいられるのだ。

そして、そんな孤高の男は愛を知らない。

子供の頃に母親に愛情を注がれなかったから、手塚はああなのだろう。愛され方を知らないから、愛し方を知らない。

それを知ってから、手塚という男をどこか愛《いと》おしいと感じるようになっていた。財力もあり容姿にも恵まれ、なんでも持っていそうな男が両親のどちらからも愛を注がれなかった。

門倉は十分に手にしたものだ。母一人だったが、十分すぎるくらい愛してくれた。環境は恵まれていたとはいえないが、愛だけは他人より持っていたと自負できる。

そして、自分と真逆の境遇にいるからこそ、これほど手塚のことが気になるのだ。

「やっぱりそうなんだね」

「ルイ……」

「やっぱり愛してるんだよね」

「ルイ、頼むよ」

「嘘言っても駄目だよ。自分のことは騙《だま》しとおすことなんてできないんだから」

いつもは優しいルイだが、今は違った。だが、それは門倉のためだ。いつまでも誤魔化《ごまか》し続けることができないのは、門倉もわかっている。ウジウジ考え込む前に認めてしまったほうがいい。

「そうだな、お前の言うとおりだ」

いつからだったのだろう。手塚がただの客ではなくなったのは……。

初めから手塚は少し違った。それまで来たどの客とも違う印象だった。しかし、特に気にしていなかった。

好みの見た目に惹かれたのだと思っていたからだ。単純にイイ男だからだと思っていた。けれども最初から違っていたのは単に見た目や雰囲気の問題ではなく、手塚の背後にある事情や幼少期から身を置いていた環境によるものだったのかもしれない。それらがまさしく手塚という男を作り上げていた。

どう生きてきたかが、人を造る。

「愛し合ってるんでしょ。ならいいじゃない」

「そうはいかないさ。俺のたった一人の肉親だ」

「壱っちゃんらしくない言葉だね」

はっきり言われ、門倉は口元を緩めた。

確かに、常識や道徳などという言葉とは一番縁遠いところにいたと自分でも思う。むしろ常識を捨てきれない客が来た時などは、煽っていたくらいだ。こんなことをしていいのかと戸惑う相手に、悪い遊びを教えることもあった。また、すでにその域を超えている者に対しては、求められる以上のことをしてみせる。

それが、門倉だった。

「お袋が死んでからずっと一人だと思ってた。親戚がいるかどうかも知らない。もしかしたら、血の繋がった最後の一人かもしれない」

「僕だったら好きな男ができたら、兄弟だろうが親子だろうが愛に走るよ。むしろ兄弟なんて燃えるよ。壱っちゃんが好きそうなパターンじゃない」

無責任ともいえるが、ルイがわざとそんなふうに言ってくれているのがわかる。少しでも門倉の心を軽くしようというのだろう。

「ありがとな、ルイ。でもな、さすがに兄弟は俺も二の足踏むってもんでしょ」

できるだけ軽い口調を心がけたが、それがむしろ門倉がこの事実を重く捉《とら》えていると言っているようなものだ。どう隠そうとしても隠しきれるものではない。

「もう会わない」

「そっか」

手塚は出入り禁止になっている。自分がわざわざ手塚に会いに行かなければ、簡単に関係を絶つことができる。気持ち次第だ。

だが、そう自分に言い聞かせている門倉のところへ三蔵が慌てた様子でやってきた。

「大変じゃぞ〜」

動きはゆっくりだが、焦っているのがわかる。息を切らして門倉のところに来た三蔵は、両腕を摑み、必死の形相で訴えてきた。

「色男が来たぁ〜」

三蔵の言う色男が誰かなんて、すぐにわかる。

まさかと思いながら部屋を出て階段に向かった。すると、階下に手塚の姿を見つける。

玄関の施錠は夜のみのため、入ろうと思えば誰でも中に入ることはできる。

ずかずかと上がり込んでくるのを見て、本当に傲慢な男だと今さらながらに痛感した。

「……何やってるんだ」

「俺はまた来ると言っただろう」

誰の言うことも聞くつもりがないのは、顔を見ればわかった。言葉でわからせるのも簡単ではないだろう。

「ここはあんたの来るところじゃない」

「お前が決めることか？」

「そういう問題じゃないでしょ」

「逃げるのか？」

やはり手塚は簡単に引き下がろうとはせず、階段を上ってきた。踵を返して部屋に逃げ込もうとしたが、そうする前に阻止される。

「……っ！」

腕を摑まれ、壁に追いつめられる。背中を軽く打ちつけられて小さく呻いた。両手を壁について動きを封じる手塚に動揺するが、必死でそれを隠す。

「捜したんだぞ。散々捜した」

「あんたの勝手でしょうに。俺に言われても困りますよ、お客さん」

わざと他人行儀な言い方をするが、手塚には通用しなかった。不敵に笑みを漏らし、挑発的に言う。

「そうやって拒絶するふりをしても無駄だ」

「ふり？　ふりってなんです？」

「俺はただの客か？　そうじゃないだろう。なんならここで、お前がどこで俺と何をしたのか言ってやってもいいんだぞ」

耳元で囁かれ、顔を背けた。

確かに手塚の言うとおりだ。どんなに誤魔化しても二人が逢瀬を繰り返した事実は変わらない。力ずくでもない。脅迫でもない。己の意思で、自ら出向いたのだ。

「もう……ここには来ないでくださいよ、お客さん」

それ以外言葉が見つからず、目を見ずにそれだけ言った。

何ごとかと部屋の中から二人を覗くここの住人たちの姿が視界の隅に映り、祈るような気持ちで力なくもう一度零した。「……頼むから」

中野に知られたらまずい。

自分が折檻されるならまだいい。しかし、地位のある手塚はどうなるかわからない。このことが手塚の足元を掬うことになるかもしれない。手塚の失脚を狙う者は多いのだ。マイナスになることはあっても、決してプラスにはならない。

「断ると言ったら？」

「どうしてそこまでするんですか」

「さぁな。お前はどうしてあの店に通った？　俺が来てない時も来てただろう」

「そんなこと、関係ないでしょうが。どうしてそんなに聞くんです？」

「質問しているのは俺だ。どうして約束もしてないのにあのバーに来た？　そのわけが知りたいんだよ。お前が毎週あそこに来ていたわけが知りたい」

門倉には、愛していると言っているようにしか聞こえなかった。この執着は愛以外の何ものでもなかった。

愛していると言えない。

愛していると気づいてすらいない。

経済誌に載るようなやり手の男で、敵が多い中、結果を出し続けているエリートだ。前社長の息子というだけで、その座に座り続けることは不可能だろう。優れた経営手腕を持っているのは間違いない。新しいビジネスに関しては、新しいニーズにいち早く対応する敏感な感性と行動力が必要だ。手塚にはそれが備わっている。

それなのに、こと自分の感情に関しては鈍い。これほどの執着を持ちながらも、手塚はいまだに自分の気持ちに名前をつけることすらできていない。

弟だと知ってもなお手塚という男に関心を持ってしまうのは、そのアンバランスさを魅力に感じているからかもしれない。

器用に生きているようで、実は不器用なのだ。

「外でするのに嵌ったからかな。でも、もうそろそろ飽きてきたんでね」

心にもないことを言うが、手塚はまったく動じていなかった。門倉の嘘など、すぐにわかると言いたげな顔をしている。

「中野に見つかると、あんたもまずいと思いますよ。一応、地位のある人でしょ。変な噂でも立ったらどうするんです？」

「そんなことで俺が諦《あきら》めると思ってるのか？」

それだけ言い、徐々に観客が増えていくこの状況を見渡して不敵に笑った。その笑みが何を意味しているかなんて、門倉にはわからない。

手塚が踵を返して歩いていくと、門倉は力なくずるずると床に座り込んだ。ルイが慌てて駆けつけてくる。

「壱っちゃん、大丈夫？」

返事をする余裕もなく、門倉は階段のほうをぼんやりと眺めた。すでにその姿はないが、門倉はいつまでも手塚の存在を感じていた。

5

手塚が諦めない男だと思い知るのに、時間は必要なかった。

あれから手塚は何度も門倉の前に姿を現した。噂はあっという間に広がり、中野に隠すどころの話ではなくなる。個人的に会うことを禁止されているにもかかわらず逢瀬を繰り返していたことも、当然わかっただろう。

さらにひどい折檻が待っていると覚悟していたが、中野からの呼び出しは一向になかった。

このところバタバタしているようで、その姿をあまり見なくなったのだ。顔を出したかと思えばすぐにどこかへ行き、門倉がしきたりを破ったことになど構っていられないといった様子だ。

そのせいなのか、街全体がどこか落ち着きのない空気に包まれていて、無理に日常を装っているといった感じがした。誰もが不安を抱えたまま夢を売っている。

何かが迫りくる足音だけが聞こえているが、その迫りくる何かの正体がわからず、怯《おび》えているといったところだろうか。

確かなのは、漠然とした不安があることだけだ。

三蔵と二人で隠居老人のようにぼんやり茶を飲んでいた門倉は、三蔵の湯呑《ゆのみ》に急須のお茶を足してやると、残りを自分のに注いだ。

「変じゃのう。どうして中野は何も言ってこんのかのう」

「普通じゃないねぇ、この空気」

「公認になったんじゃなかか〜？」

「まさか。あり得ないでしょ」

茶は渋が出て苦かったが、少し苦いくらいが好きだ。三蔵も前に似たようなことを言っていたのを覚えている。

「大変だよ！　大変っ！」

突然、廊下からルイの声がしたかと思うと、慌てて部屋に入ってきた。まさに血相を変えるという顔で、のんびり茶を飲んでいた門倉は三蔵と顔を見合わせる。あんまり慌てているので飲みかけのお茶を渡してやると、一気に飲み干した。

「で、そんなに慌ててるわけは？」

「ここ、ここ、ここが……なくなるって！」

息を切らしながらなんとかそれだけ言ったルイは、大きく息をついて三蔵の茶にも手を伸ばした。少しは落ち着いたようだが、今度は門倉がショックを隠しきれない。

「なくなるって……どういうことだ？」

「わからないよ。でも、今夜から料亭は開けないって曳き子たちが言ってた。だから閉鎖っていうのは、本当みたいなんだよ」

確かに、前からそういった話はあった。表向きは料亭とされているが、その実やっているることは売春だ。法の穴を抜け道にしているだけで、実際は禁止されていることが公然と行われている。

オリンピックに向けて健全な街づくりを目指している国が、こういった場所を世界に見られたくないというのもわかる。注目を浴びる今だからこそ、改善の動きが加速することも予想していた。いずれなくなると……。

だが、それにしてもあまりに急な話だ。その兆候はもう少しあってもよさそうなものだが、まさかこんなに急速に話が進むなんて考えてもみなかった。

いずれとはいえ、門倉にとってもっと先の出来事のはずだった。

「壱っちゃん！」

「中野のところに行く。今来てるんだろう？」

「うん、今ならまだ下にいると思う」

門倉は部屋を出ていき、中野のところへ向かった。

今まで当然のようにあったものが突然消える――それは門倉にとって予想以上にショッ

キングなことで、自分でもこれほど動揺していることに驚いたほどだ。

そして中野を見た瞬間、声をかけずともルイの言ったことが紛れもない事実だとわかる。

中野は片づけをしていた。必要なものを運び出している。

ここを畳もうとしているのは、一目瞭然《いちもくりょうぜん》だった。

「なんだ、お前か」

「何してるんです？」

「見りゃわかるだろう。ここを畳むんだよ」

「説明が欲しいところなんですけど」

「お前、とんでもない男に惚れられたな」

唇を歪めて嗤う中野は、門倉を一瞥《いちべつ》してまた荷物をまとめ始めた。

もう諦めがついたという顔をしている。立ち向かうべき相手と、早々に諦めたほうがいい相手というのがいるが、中野が今直面している相手は間違いなく後者だ。

戦っても無駄な相手というのはいる。

「どうして閉鎖するんです？」

「前から言ってただろう」

「いきなりでみんな動揺してますよ。ちゃんと説明すべきじゃないんですか？」

強い口調ではなかったが、中野はそれもそうだとばかりに片づけをする手をとめた。ポケットから煙草《たばこ》を出して火をつける。

そして、この場に別れを告げるように部屋を見回した。

「いい商売だったが、ここが潮時ってことだ。お前らもよく働いてくれたよ」

そんな話を聞きたいんじゃないと言おうとしたが、中野には中野なりの愛着があるようで喉まで出かかった言葉を呑み込んだ。手塚と外で会っていることがばれた時にはひどい目に遭わせられたが、自分と似た感情を持っているかと思うとそれも忘れられる。

「まだ表に出てないがな、法案が通るんだよ」

「法案？」

「規制が強化される。つまり、ここは確実に閉鎖しなければならなくなるってことだ。もう何をやっても同じってことだよ。続ける意味はない」

「それで早々に見切りをつけるってわけですか」

「見切りをつけたというより、宣告されたと言ったほうがいいな。確実なんだよ。だから抗《あらが》っても無駄ってことだ。お前にも責任はあるぞ」

門倉は顔をしかめた。

「それが俺とどう関係するんです？」

「あの男……手塚という男が裏で手を回したからに決まってるだろう」

ドキリとした。

諦めないという手塚の言葉を思い出し、この件に手塚が深く絡んでいることを初めて知る。

口先だけではない男だとわかっていたが、まさかこの街の存続までを脅かすことをするなんて考えにまで及ばない。せいぜい金でも積んで身請けするなどと言い出しそうだと思っていた程度だ。

もちろん拒否するつもりだったが、そんな次元の話ではなかった。

街ごとなくす。

スケールが違いすぎてついていけない。

そして、それほどの力があるとも思っていなかった。侮っていた。

「あの男には政界とのパイプがある。わかるだろう？　持ちつ持たれつだ。政治屋ってのは、票や金のためにちょっとした心づけをするもんだ。奴はそれを利用したんだよ」

「ここを閉鎖させるために、政治家を動かしたってことですか？」

「もともとあった動きを加速させたというのが正解だろうな。さすがに驚いたよ。まさかそこまでするとはな。お前、マニア向けだと思ってたが、あれほど執着する男がいるなんて、もう少し売り方を考えてりゃもっと儲《もう》けられたかもな」

中野は話はもう終わりだというように、煙草を床に落として踏み潰《つぶ》した。

「どちらにしろ、力を持った政治家を動かせるんだ。とんでもない男だよ。俺では太刀打《たちう》ちできん」

そう言って作業を再開する。

大体のことは理解できた。手塚は裏で手を回し、もともとあった話を急速に進めた。門倉の居場所をなくせば、自分のところへ来ると思っているのだろう。

傲慢もここまでくるとむしろ感心する。

門倉はこれ以上中野から聞き出すことはないと思い、自分の部屋に戻った。ルイたちが心配そうな顔で待っている。

「壱っちゃん、どうだった？」

「何か聞けたか～？」

「ああ、ここがなくなるのは本当らしい」

中野が急にここを閉鎖することにしたいきさつを話すと、ルイと三蔵も驚いたらしく目を丸くして顔を見合わせる。二人とも、手塚の大胆さに驚いているようだ。

少なくとも手塚がどんな男か二人よりも知っている門倉すら、ことの大きさに実感が湧かないのだ。二人はもっと信じられないだろう。まさに度肝を抜かれたといったところだろうか。

「ったく、政治家まで使うなんて、どこまで傲慢なんだろうねぇ。なんでも金で解決できると思ってる」

嗤うと、ルイが何やら言いたげな顔で見てくる。困ったような顔だが、職を失うことへの不安からでないのはなんとなくわかった。

いつまでも門倉を見ているため、いたたまれなくなる。

「……何？」

「壱っちゃん、わかってないね」

「何がだ？」

「それはね、愛だよ、愛。それほど愛してるんだよ」

「何が愛だ。愛なら何やっても許されるとでも思ってるのか」

ルイの言葉を一蹴《いっしゅう》するが、三蔵も微笑ましげに門倉を見ている。二人してそんな顔をするものだから、居心地が悪いことこの上ない。

「嬉しくないの？　だって自分を手に入れるためにそこまでするんだよ？　僕だったら喜んじゃう」

「嬉しくない」

それは照れ隠しではなく、正直な気持ちだった。むしろ怒っているくらいだ。

ここがなくなれば、ルイや三蔵はどうしろというのだろう。特に三蔵は、やり直しが利かない年齢だ。今ここを失えば、路頭に迷う。

「俺たちの居場所を奪った男だぞ？　何喜んでるんだ」

「だって僕、愛に生きる男って好きだもん。壱っちゃんを手に入れるためなら、世の中全部壊したっていいって思ってるよきっと」

「三蔵は？　三蔵はどうやって生きていく？」

「わしは大丈夫じゃ〜。ノブちゃん一人暮らしやから、何かあったらうちに来いと前から言っておったからな。持つべきものは友達じゃ」

二人は笑っているが、それでも門倉は納得できなかった。文句の一つも言ってやりたくなり、手塚に会いに行くことを決心する。

「出かけてくる」

「会いに行くんでしょ？　素直になるんだよ」

「嬉しそうな顔をするな。一発ぶん殴るだけだ」

殴るなんて門倉のキャラじゃないと思っているのか、疑いの眼差《まなざ》しを向けられ、確かに言いすぎだったと訂正する。

「文句言ってくる」

ルイと三蔵の能天気な「行ってらっしゃ〜い」という声に送り出され、門倉は料亭をあとにした。

手塚に会えたのは、その日の夜のことだった。

連絡を取る手段は知らなかったが、門倉が自分に会いに来るのはわかっているはずだ。それなら唯一の接点であるホテルかあのバーに行けば、必ずどうにかなる。

そう確信していた門倉は、まずバーに向かった。するとバーテンダーが門倉に名刺を預かっていた。思っていたとおりだ。そこには連絡先が記されてあり、電話をかけると霧島が車で迎えに来るという。

ノンアルコールカクテルを飲みながら、待つこと三十分。

事情はすべて把握しているという顔で、霧島が門倉を呼びに来る。店を出た門倉は、彼とひとことも言葉を交わさず車に乗り込んだ。連れていかれたのは、手塚の住んでいるマンションだ。窓の外に高級マンションが並んでいるのを見て、さすがだと皮肉な笑みが漏れる。

駐車場から部屋までの距離も長く、自分の住んでいる場所とは雲泥の差だと見せつけられた。恵まれた生活だ。

何不自由なく暮らしている男がルイたちの生活の場を奪おうとしているのかと思うと、ますます憎たらしい。

「どうぞ」

霧島に案内され、門倉は部屋に入っていった。

門倉の姿を見るなり、手塚はわかっていたとばかりの顔をした。門倉が怒っていることも承知しているようで、不遜《ふそん》な笑みを漏らしながら短く言う。

「やっと会いに来たか」

「来たかじゃないでしょ。えらく傲慢だね」

その言葉に手塚は軽く嗤った。

少し時間が経ったからか落ち着きを取り戻していたが、それでもふてぶてしく構える手塚を見ていると腹が立ってくる。普段は飄々としていて滅多に怒らない門倉だが、今回は違った。胸倉を摑まなかっただけありがたいと思えと、心の中で毒づく。

「何かお飲みになりますか？」

霧島が気を利かせてそんなことを言うが、先ほどから何もなかったかのように澄ました顔でいる男にも、怒りの矛先は向かう。

「いらないよ。大体、あんたがいて何してんの？　社長の暴走を喰いとめるのが優秀な秘書ってもんでしょ。もともと太いパイプを持ってたんだろうけど、こういうことのために使って会社にメリットはないでしょうが」

「この件に関しては、わたくしは会社のためになると思い同意しました」

とてもそんなふうには思えなかった。かといってここで嘘をついたところで意味はない。

「なんだって？」

「話をしようじゃないか」

手塚はそう言って顎をしゃくり、霧島を下がらせた。二人きりになると、なぜか緊張が走る。それを感じたのか、手塚はさもおかしそうに笑った。

「心配しなくても襲ったりしない。まずは話だ」

警戒してしまったことが、恥ずかしかった。意識していたと言っているようなものだ。完全に手塚のペースで、これが本当に歳下なのかと言いたくなった。

「座れ」

促され、ソファーに腰を下ろした。クッションは硬めで座り心地がいい。けれども、高級なものに囲まれた場所には馴染《なじ》めなかった。

「俺がどんな仕事をしているか知ってるか？」

門倉は手塚をじっと見た。

少しは知っている。経済誌を取り寄せたからだ。もともとのホテル事業に加え、新しいビジネスにも手を広げている。そしてそれは成功を収めている。

しかし、そんなことは言えない。経済誌を取り寄せてまで手塚のことを知ろうとしたと白状するようなものだ。

門倉を見て、手塚が軽く口元を緩めた。

「お前の友達について調べさせてもらった。一番仲がいいのはルイと三蔵、その二人だな」

「あんたに関係あるのか」

「まぁ聞け。お前がそんなに怒っている理由は、大体想像できる」

手塚はそう言ってテーブルに置いていた茶封筒に手を伸ばした。報告書と書かれたその中にはファイルが入っている。おそらくルイと三蔵について書かれているのだろう。

二人の名前を出され、何を言われるのかと身構えてしまう。

「ルイって奴はパティシエとして修業をしてたそうだな。店を出そうとしたが共同経営する予定だった友人に金を持ち逃げされた。典型的なお人好しだな。友達なら全面的に信用できる。腕は知らんが、経営者としては致命的だ」

確かにそのとおりだが、ビジネスで成功を収めている手塚に言われると面白くない。

「いい性格してるねぇ。俺の友達を貶《けな》して面白いか？」

「最後まで聞け」

ピシャリと言われ、門倉は口を噤《つぐ》んだ。あれほどのビジネスを成功させた男が、小さな自尊心を満たすためにこんな真似《まね》をするはずがない。自分が冷静さを欠いていることに気づき、とりあえず最後まで話を聞こうと軽く息をつく。

黙って手塚を見ると、その意図がわかったらしく話を再開させた。

「パティシエとして働けると知ったら、ルイって奴は喜ぶだろうな」

ドキリとし、門倉はそのまま固まった。

手塚の目が笑っている。何かを企《たくら》んでいそうな顔だ。

「新しいビジネスの中で、女性専用のインターネットカフェが業績を伸ばしてる」

次に出されたのは、パンフレットだった。それに目を通すと、門倉の持っていたインターネットカフェの概念が崩れる。

一見普通のホテルのような造りで、ドアはオートロック。セキュリティは万全で部屋は防音になっており、多少大きな声でしゃべっても隣の部屋には聞こえない。しかも、部屋は靴を脱いで上がるようになっていてマットレスの簡易ベッドがあり、広さも十分あった。女の子が二、三人集まって友達の部屋に遊びに来たような感覚でくつろげる。

また、シャワーなども完備されていて、メイクルームはサロンでも使うようなメイク道具などが無料で使うことができ、そちらのセキュリティも万全だ。

一般的なインターネットカフェより少々割高ではあるが、わざわざビジネスホテルに泊まるほどではないという客を上手く取り込めそうだ。使い方によっては、むしろ安上がりになる。

「これが次の店舗に関する企画書だ。本来は部外者には見せないんだがな」

それを見て、なぜ手塚がルイの話をしたのかわかった。

計画書に書かれてあったのは、パティシエのいる本格的なカフェを併設する案だ。一階がカフェになっており、イートインスペースもあるが部屋から注文もできる。

「そこで雇ってやる。悪い話じゃないだろう？」

ページをめくり、隅々まで目を通す。読めば読むほどルイにとって魅力的な話だとわかった。

「もう一度パティシエとしてやり直せるぞ。あの歳でやり直すのは大変だろうが、やる気があるなら雇ってやる。将来自分の店を持つという夢も、もう一度持つことができる」

ルイにその話をすれば、二つ返事でオーケーするだろう。今も門倉たちによくお菓子を作ってくれる。お菓子作りが好きなのだ。誰の下で働くことになろうとも、そんなことにこだわってみすみすチャンスを逃すような真似はしない。

だが、三蔵は――。

「だけど……」

「次に三蔵だが」

門倉はハッとした。

まさか三蔵にまで働く場所を用意しているというのか。

半信半疑でいたが、手塚は門倉を一瞥すると淡々と続けた。

「盆栽が趣味らしいな。じーさんの趣味なんてたかが知れてるが、念のためいくらの値がつくか調べた」

「いつの間に……」

話によると、三蔵の友達が譲り受けた盆栽を鑑定したのだという。ノブちゃんだろう。意外にも三蔵の作品は、かなりの値がついた。無名の素人作品とは思えないと言われ、長年手がけたものがあればそれも鑑定したいという申し出もあったという。

「趣味の範疇《はんちゅう》を超えている。鑑定した人間も驚いていたくらいだ。ものによっては、うちのホテルのロビーに作品を飾らせてやってもいい」

「それ本気にしていいのか」

嘘を言うとは思えないが、にわかに信じがたい。

「外国人にとって盆栽はクールなんだそうだ。友達を護《まも》りたいんだろう?」

完全に見抜かれている。

どうすれば門倉が自分のところへ来る気になるのか、ちゃんとわかっている。ビジネスで成功を収める手塚だ。戦略には長《た》けているだろうが、ここまでとは恐れ入った。

「あの街の全員とはいかないが、俺のところに来るなら、あの二人だけは護れるぞ。路頭に迷わなくて済む。それに、俺のところに来るいい口実になるだろう。いい加減観念しろ」

憎たらしいし、腹立たしい。だが、手塚らしい。

半分血が繋がっていると知り、自分の気持ちを何度も打ち消そうとしてきたが、それももう限界だった。

偶然とはいえ外で会ったことが中野に知られて手塚が出入り禁止になったが、それでも何度も通った。いるかいないかわからないのに、あのバーに何度も足を運んだ。ルイが心配して元気づけようとみんなで鍋パーティーをしている中、どこか手塚のことに気を取られていた。途中抜け出した時もルイに呼びとめられたが、それでも自分を抑えられなかった。

何度も引き返すチャンスはあったはずだ。気持ちに区切りをつけられるなら、とうにしているだろう。だが、今もこうして手塚の前にいる。

遅かれ早かれ、自分は手塚に捕まる運命だったのかもしれない。

「どうだ?」

挑むような目で見られ、肩の力を抜いた。

「ここまでお膳立てしないと、俺のところに来られないんだろう?　面倒な奴め」

確かに、そのとおりだ。だが、面倒なのは手塚とて同じだ。ここまでする理由は何かと聞いても、おそらく答えは返ってこないだろう。

これほどの執着を見せてもなお、門倉を愛しているとは言わない。

愛を知らないのだ。

『それはね、愛だよ、愛。それほど愛してるんだよ』

ルイの言葉が蘇ってきた。あの時は愛なら何をやっても許されるとでも思ってるのかと腹立たしくすらあったが、ここまでくると怒る気も失せる。

ルイの言ったとおり、門倉を手に入れるためなら世の中全部を壊すことくらい平気でするだろう。

「負けたよ」

門倉は、軽く笑った。負けだ。完全なる敗北。

兄弟でもなんでもいい。こんなふうにしか自分の気持ちを表現できない手塚が、愛おしく思えてならなかった。力ずくでしか愛を手に入れる手段を知らない。自分が愛しているということすら気づいていない。

「あんた、どうして俺が何度もあのバーに行くのか聞いたな」

「ああ」

「どうしてか、教えてやる」

手塚は、喰い入るような目で門倉の話を聞いている。

「会いたかったからだ。あんたに、会いたかった。好きってことだよ。実の弟のあんたを愛してるってことだ」

その言葉に、手塚は満足げな表情を見せた。

まるで勝負にでも勝ったかのようだ。まだそんなふうにしか思えない男が、たまらなく愛おしく思えてくる。なんでも持っていて、なんでもできる男が見せる唯一の不器用さが、門倉に対する愛なのだ。

そう思っただけで、躰が痺れるような手塚への愛を自分の中に感じた。

「あんたはどうして俺があそこに通う理由を知りたかったんだ？」

「なんだ急に」

「わざわざ俺のところに乗り込んで問いつめたでしょ。あんただって、あんなところにいるのを世間に知られたらまずいのはわかるだろ。わざわざあれだけのことを聞くために俺に会いに来たのはどうしてだ？」

くだらない……、と手塚は鼻で嗤ってから言った。

「知りたかったからだ。お前が素直に言わないから言わせたかった。それだけだよ」

「どうでもいい相手にそこまで執着するかねぇ」

「どういう意味だ？」

「同じでしょ。それはね、俺と同じなんだよ。俺を好きってことでしょ」

ルイの受け売りだが、そう言ってやる。だが手塚はピンとこなかったらしい。

「俺がか？」

信じられないが、本当に何もわかっていない。とぼけているわけでもないのだ。

だったら、教えてやる。

愛していると言わせてやる。認めさせてやる。

「行くよ。あんたのところに行く」言いながら、門倉は手塚に近づき、その首に腕を回した。

「愛してるよ、弟。弟だってこと忘れるくらい、愛してる」

それに応えるように、手塚が首に顔を埋《うず》めてくる。

一度受け入れると決めてしまうと、自分をとめられなかった。手塚が欲しくてたまらず、気持ちが急《せ》いてしまう。

「お前なんか愛しているわけがないだろう」

そう言いながらも門倉を抱きしめる腕は情熱的で、力を籠《こ》められるほど愛していると言われているようだった。言葉で否定しても全身で訴えてくる。

「ずっと探していた相手に言う言葉かね。俺が欲しいんでしょうが」

「ああ、そうだ。お前は俺のものだ」

「それが愛っていうんだよ」

「ふん、そうか」

愛していると認めたのかどうかよくわからない返事だが、今はそれでいい。今はそれで十分だ。

熱くなる吐息に自分の隠せない熱情を感じ、門倉は己の欲望に従った。

自分がこれほど手塚を求めていたなんて、信じられなかった。

湧き上がるような思いに突き上げられ、動物のように求めてしまう。熱くて、自分をコントロールできなくて、どうしようもない。

「ぅん……、んんっ、……ぅん……っ、……ん」

互いの衣服を剝ぎ取りながら部屋を移動した。

いつも冷静な男が、情熱的に門倉の躰に触れてくるのだ。ボタン一つ外すのももどかしいといった性急な仕草が、門倉をより興奮させる。ネクタイを緩めて床に放る仕草が男臭くて、それだけでも下半身が蕩けそうになった。

「ずっと探していた」

「……っ、……はぁ……っ」

「この俺が、ずっと捜していたんだぞ。よくも手こずらせてくれたな」

どこまで傲慢な物言いだろう。だが、それも手塚らしくて門倉は悦びに包まれた。

「……ぁ……っく」

ベッドに押し倒され、開襟シャツの下に着ていたTシャツをたくし上げられる。胸の突起が強く擦られる刺激に躰がビクンと跳ねた。

それに気づいた手塚が、そこに唇を寄せる。

「――んぁ……っ！」

いきなり突起にしゃぶりつかれ、門倉は躰をのけ反らせて唇をわななかせた。すると手塚は強く吸っては舌全体でそこをやんわりと刺激し、さらに舌でツンと尖った先をくすぐる。

「はぁ、……あぁ……ぁ」

ゆっくりと焦らすような刺激は、門倉の淫蕩《いんとう》な血を目覚めさせた。もっと吸ってくれとねだるように、そこを突き出して愛撫を乞う。門倉の求めが通じたらしく、手塚は視線を合わせたままそこを執拗に刺激してきた。

乳輪の柔らかい部分が次第にふっくらと盛り上がってくるのがわかる。男のものとは思えないほど赤く色づいてきて、充血したようになった。感度もよくなっていて、手塚の熱い吐息がかかっただけでも全身が痺れてしまう。

「ここが好きか」

「あ！」

唇で突起をきつめについばまれ、刺激されるたびに躰が小さく跳ねた。唇で挟んで引っ張り、舌先でこねくり回す手塚の乱暴さが被虐的な悦びに火をつける。

「ここが好きかと聞いてるんだよ、兄さん」

「……馬鹿……、……言う、な……」

わざと『兄さん』と呼ぶところに、手塚のひねくれた性格が出ていた。唾液《だえき》で指を濡らし、弱いところを責めながら門倉の反応を窺っている。

「あ、あ、……っ、……つぅ……っ」

「乳首、好きなんだろう」

「黙って、ろ……、……んぁあ……っ」

苦しげな声が漏れるのを、どうすることもできない。

眩暈がして、腰が独りでに浮いた。中心はすでに張りつめていて、下着の中で窮屈そうにしている。

「もうこっちか？」

ベルトを外され、前をくつろげられて指でほんの少し下着をずらされた。すでに先走りが溢れていて、そこは卑猥《ひわい》な様子になっている。

「もうこんなにしてるのか？」

「いいから……あんたも……早く脱げ」

「あんたじゃない。宗助だ。あんたの弟の名だ」

「……宗助」

名前で呼ぶと、兄弟だということが急にリアルに感じられた。

半分しか血は繋がっていないが、弟なのだ。禁忌を犯している。

「グッと来ただろう」

「馬鹿……、早く脱げって」

自分ばかりが翻弄されるのはなんだか癪で、手塚からワイシャツを剝ぎ取って首筋に噛みついた。鎖骨に舌を這わせて強く歯を立てると、喉仏が大きく上下する。

手塚も感じたのかと思うと男を刺激されるが、それが門倉をさらに追いつめるようなことになる。

「まだ余裕はあるようだな」

「――ぁ……っ！」

スラックスと下着を脱ぎ捨てた手塚に、まとっていた残りの衣服を一気に剝ぎ取られて全裸にされた。

「二度と他の男を喰えないように、躰に教えてやる」

チラリと舌先を覗かせて舌なめずりをする手塚は、凶悪な色香を溢れさせている。門倉のように虐げられる悦びを知る者には、たまらない。

そして、わざわざ教えられずとも他の男など喰う気にならない。

手塚との逢瀬を重ねるうちに、それまでなんともなかった自分の仕事が嫌になった。億《おっ》劫《くう》になった。あの街がなくなる以上、二度とこの商売に足を突っ込むことはないだろう。

けれども、どんなふうにしてくれるのか知りたくて、口には出さなかった。

「よく言うよ。弟のくせに……一人で……俺を、満足させられるか見ものだ」

挑発する門倉に手塚は不敵な笑みを浮かべた。そしていったんベッドから下り、ローションの瓶を手に戻ってくる。

その蓋を開ける手元を、門倉はじっと眺めていた。

長い指。滑らかに動くそれは、手塚と初めて会った時から目についた。指の長い男というのは、どこかエロティックだ。

「ぁあ……っ」

俯せにされたかと思うと尾骨の辺りに垂らされ、熱い息を漏らした。

自分で買って用意したのだろうか。どんな顔でこれを選んだのかと思うとおかしい気もするが、同時に澄ました顔の下に欲望を隠している手塚を想像して妙に滾《たぎ》った。ぞくぞくするのだ。

この男の欲望がどんなものか、想像しただけであそこが疼く。

「はぁ……っ」

ローションは冷たかったが、すぐに熱くなった。何か媚薬《びやく》の成分が入っているのかもしれない。指でなぞるようにジェルはアヌスを通って、陰嚢へしたたり落ちた。

「自分の兄貴をこんなふうにするのは、いいもんだな」

「……っく」

「こんな淫乱な兄を持つと、弟は大変だ。いつも満足させておかないと、どこで何を喰うかわからない」

「……AVの……見すぎだ……、ぁあ……っ」

「そうか？」

「んぁああ……ッ」

ジェルの流れたあとを、今度は手塚の指がなぞる。

意地を張る余裕などなかった。手塚の巧みな指使いにあそこが疼く。長い指は蕾を見つけ出すと、そこをほぐし始める。

やんわりと、だが時々強引にそこを拓《ひら》いていくのだ。

「弟にこうされる気分はどうだ？」

「いい、性格……、……んぁ……あ……」

熱い吐息をシーツに漏らしながら、意識をそこへ集中させてしまうのをどうすることもできなかった。手塚の長い指で後ろをほぐされていると思っただけで、狂おしいほどの快感に襲われる。

まるで道具にされたような気分も、門倉を狂わせるものの一つだった。

あの綺麗な手に穢《けが》されている。好き放題されている――。

自分はどうしようもないマゾヒストだと思い知らされながら、ずぶずぶと罪深いこの行為にのめり込んでいった。

「ここが、いやらしくほぐれてきたぞ、兄さん」

「……宗助……っ」

「兄さんのここは……ド淫乱だな。俺の指にしゃぶりついてる」

「ぅう……っく、……宗、助……ッ、そ……すけ……」

名前を呼ぶことにすら、昂りを感じた。何度も口にしたくなる。自分をこうしているのが他の誰でもない、手塚だと実感したいのかもしれない。

「――んぁあっ！」

指を二本に増やされ、さらに中を掻き回されて全身が痺れた。力が入らない。ローションを何度も足されたからか、蕾は柔らかくほぐれるどころかふやけたようになってしまい、出し入れされるたびに、ぐちゅ、ぬちゅ、と濡れた音を漏らした。

「ぁあん、……んぁ、んぁあっ、……早く……、……早く、……宗、助……」

「ここか?」

「早く……、くれ……、……早く……っ」

振り返ってそう訴えると、ようやく次のステップへと進む。

「仕方ない兄貴だな」

クッ、と笑った手塚は、自分の中心を握った。貫いて欲しくて、その雄々しいもので自分を突き上げて欲しくて、物欲しげにそれを見てしまう。

門倉がどれほど欲しくてたまらないのか、手塚にもわかっただろう。自慢げな笑みを浮かべた。

「これか?」

それ。

「これが欲しいのか?」

そう、それ。それが欲しい。

言葉にせずともその視線から、門倉が限界なのがわかったらしい。反り返った男根をあてがわれ、ゆっくりと挿入される。

「ぁあ……ぁ……、……ん……、……ぁ……あぁ……あ……っ、——ぁあ……ぁ……」

味わえとばかりにゆっくりと、だが深々と根元まで挿入され全身を震わせながらそれを受け入れた。手塚の太さを尻で味わい、堪能する。

「あ……ぁ……、……はぁ……っ」

門倉は、尻を突き出して手塚を求めていた。背伸びをする猫のごとく反り返らせた背中が、手塚にどう見られようと構っていられない。

「弟をたぶらかす悪い兄貴には、お仕置きが必要だな」

パンッ、と平手で叩かれ、躰がジンと痺れた。

「ぶって欲しいんだろう?」

「ぁあっ!」

尻を叩く音が部屋に響いた。

ぶたれた部分が熱くなり、尻がキュンと締まる。それに気をよくしたのか、手塚は腰を使い、そして激しく突き上げながら繰り返し何度も尻を平手で打った。耳に飛び込んでくるスパンキングの音も、門倉を深く酔わせていく。

叩き方が下手だと、こうはいかない。音も大事だ。

音に犯される。

「あっ、あっ、あっ、あぁあッ!」

その音が部屋に響くと、折檻されているという気持ちがより強くなった。もともとドMだとルイたちから言われているが、ここまで門倉の被虐の血を沸き立たせた相手はいない。

そして、散々嬲られた胸の突起がシーツに擦れ、そこもはしたなく尖って門倉の本音を吐露していた。触れて欲しいと訴えている。

さらには涙を流す先端も、シーツに擦れてもどかしい快感に見舞われた。我慢できず、自ら中心に手を伸ばすが、すぐに阻止される。

「自分でするのか？」

耳元で囁かれる欲情に掠れた声が、門倉の状況を悪化させたのは言うまでもなかった。ギリギリで、限界で、見栄も何もかも捨てて許しを請う。

「も……限、界……っ、……頼む……、……頼む、から……、お願い、……から……」

「弟より先にイくのか？　俺がいいと言うまで我慢しろ」

「……無理、……だ……、も……無理……っ」

「本当に……悪い兄貴だな」

後ろを向かされ、唇を重ねられる。その瞬間目が合い、手塚の熱い視線に身を焼かれた。

「……んぅ……っ、ぁあ……ぅん……、んぁ……あ……、……ぁ……ッふ」

前後にゆさゆさと揺さぶられ、頭の中まで掻き回されているようだ。何も考えられなくなる。

平手で打つのとは違うが、激しく腰を使われると手塚の腰が尻に打ちつけられて何度も叩かれているような気分になった。肉と肉のぶつかり合う浅ましい音を聞きながら、徐々に高みに向かう。

「中に出すぞ」

「……あぁ……、あぁ……、早く、……来てくれ……」

虚ろな目でそう訴えると、さらに激しく腰を使われた。急速に高まる二人の熱い息遣いが、ここの空気を支配する。

「あ、あ、ぁあ、あっ、あ、ぁあっ、も、イくっ、イく……っ！」

「俺もだ、兄さん……っ、——っく！」

「——ぁああー……ッ！」

奥に熱いものが迸《ほとばし》るのと同時に、門倉は白濁を放っていた。

兄さん——そう呼ぶ弟の声を聞きながら絶頂を迎えるのは、たまらない悦びだった。


散々貪り合ったあとの部屋は、静けさで覆われていた。

互いの息遣いとマットレスの軋《きし》む音で満たされていた世界は、あの激しい交わりが嘘だったみたいな顔をしている。

門倉は後ろから手塚に抱きつかれた格好で壁側を向いて横たわっていた。背中に感じる手塚の体温は心地よく、それでいてどこか落ち着かない。

ぶたれた尻がまだ少し熱かった。ぶたれるほど昂る己の浅ましさを思い出し、そして門倉の欲望を満たす手塚の鬼畜ぶりを噛みしめながらうっとりする。

半分とはいえ血の繋がった弟なのに――。

そう自分を責めるほど快感に襲われた。いけないことだとわかっていても自分をとめられず、むしろ禁忌に深く酔ってしまう。救いようがないな……、と乱れすぎた自分を深く反省した。

商売で男に抱かれる時は、こんなふうにならなかった。疲労すら心地いいと感じた相手は手塚だけだ。

「起きてるか？」

「……ああ、一応……。でも、やりすぎ……でしょ」

「お互い様だぞ、兄さん」

わざと自分を兄と呼ぶところが憎らしいが、そういう性格も含めて好きになったのだと思うと、自分もかなり悪趣味だと苦笑いする。

「その呼び方やめてくれ」

「どうせ兄弟だ。どう呼んでも同じだ」

「まぁ、それもそうだな」

まだ本当にこれでいいのかと思う部分がないでもなかった。男同士なんて不毛な関係に、半分血が繋がっているというおまけまでついている。けれどももう考えるのはやめた。

自分の気持ちに素直になる。それだけだ。

「で、どうだった宗助。俺を愛してるって実感できたか?」

「さぁな」

まだ認めない気かと言いたかったが、躰であれだけ訴えられたのだ。全身で愛していると訴えられた。愛に関しては不器用な弟に、少しずつ愛の囁き方を教えるのもいい。

しばらくそんなことを考えながらまどろんでいたが、ふとある疑問が浮かんだ。

「そういえば、どうしてお袋はあんたを連れ去ったんだ? 俺の遊び相手だって連れてきたけど、あんたが俺の腹違いの弟だからって、誘拐まがいのことをするなんて考えられない。いくらなんでも俺の遊び相手のために嫌がる子供をさらうなんて、お袋らしくない」

その時のことを思い出したのか、手塚が軽く笑ったのが気配でわかった。よく見せる皮肉な笑みではなく、懐かしむような優しい笑みだとわかる。

手塚にとってそれがどんな思い出なのか、それだけでもよくわかった。

「俺が嫌がらなかったからだよ。俺がいつも一人なのを知ってたんだ。最初にかけてきた言葉はよく覚えてる。『一人で寂しいなら、このままおばちゃんの子になる?』だ」

手塚の話によると、子供の頃はシッターが身の回りの世話をしていて毎日公園に連れていかれたのだという。中には真面目に仕事をしないシッターもいて、手塚を公園に置いたまま自分は近くの店に飲み物を買いに行ったり、携帯で長々と話し込んだりする者もいて、知らない大人が近づいてきても気にしなかった。

そんな時、門倉の母と出会ったのだ。

他の誰とも遊ばない子供に、どうしてみんなと遊ばないのか聞いてきたのだという。

「俺が誰の子なのか、初めからわかってたみたいだな。どうしてあの公園にいたのかは知らないが、親父のことを忘れられなかったのかもしれない。自分を捨てた男だってのにな」

少女のような彼女が、好きな男の住むすぐ近くで過ごす気持ちはわからないでもない。きっとそれだけで幸せを感じられたのだろう。

そう思うと、一途《いちず》な母の想いが切なくもあった。

「最初は俺を連れ去るつもりはなかったみたいだが、俺の様子を見て俺が満たされてないと思ったのかもな」

「なるほどね。でもお袋らしいな」

「優しい人だった。子供心にそれはよく覚えてる」

手塚の言うとおりだ。

本当に優しかった。いつも笑顔で誰にでも親切にした。自分がいいように利用されてもそれを恨むようなことを言ったことはなかった。他人の気持ちにも敏感だったように思う。門倉の嘘など、すぐに見抜いた。

具合が悪い時、寂しい時。いつも気づいてくれた。平気だという嘘は通用しなかった。

そんな人だから、手塚がどんな生活を送っているかなんとなくわかったんだろう。

「あの歌もずっと耳に残ってた」

「お袋はなんでも歌にしてたからな」

懐かしい。

優しい声は、門倉の耳に今もはっきりと残っている。なんでもメロディに乗せて歌っていた。その日の出来事や自分の気持ちなど、なんでもだ。

母の歌声が頭の中で流れ、懐かしさと優しさに包まれる。ほどなくして、記憶の声に手塚の声が重なった。

「みんなで仲良く暮らしてる〜。壱っちゃんとお母さん。宗ちゃんも仲間に加わって〜、みんなで仲良しこよし〜」

とても手塚が歌いそうにない歌だが、その可愛らしいメロディと手塚の落ち着いた男の低音ヴォイスが合わさると、どんな子守歌よりも眠気を誘った。耳元で聞かされているのもいいのかもしれない。

そして、伝わる心音。

「お前のお袋さんのことは、ずっと覚えていた。俺の中でいい思い出として、ずっと残ってたんだよ」

ずっと覚えていた——なぜか嬉しかった。

男にいいように利用され、遊ばれ、身を売りながら門倉を育てた彼女を覚えていてくれる人がいた。優しかった母の思い出を共有できる誰かがいることが、こんなにも心を満たすものなのかと思う。

歴史に名を遺すような偉業を成し遂げたわけではなく、そういった意味では平凡で特別なものは何一つ持っていなかった。

だが、門倉にとっては存在そのものが特別だ。

「死んだお袋がそれを聞いたら、きっと喜ぶ」

「お前のことも、ずっと覚えてた」

「遊んでくれたお兄ちゃんか?」

「ああ。誰かと一緒の布団で寝るなんて、俺には考えられなかったからな」

さらに眠気が襲ってきて、手塚の言葉は段々頭の中に入ってこなくなった。ただその響きが心地いいだけだ。

幸せな気持ちになるようなことを言っている気がするが、それも定かではない。

「ずっと捜した。会いたかった。やっと見つけたと……ったら……」

もう少し声を聞いていたいが、もう限界だ。眠い。

「……多分、……が……愛、……な……、……うな」

最後まで聞けずに、ああ、勿体《もったい》ない……、と思いながらとうとう睡魔に身を任せる。

だが、起きたら聞けばいい。なんて言ったのか、もう一度聞けばいいのだ。

その時間はある。


最後の遊廓といわれる街が消えてから、半年が過ぎていた。

門倉は三蔵と待ち合わせの場所に向かっていた。人通りが多く、活気に満ちている。若者が多い場所で三蔵の姿は目立っていて、すぐに見つけることができた。

思わず笑顔になり、まだ門倉に気づかずぼんやり日向《ひなた》ぼっこでもしているかのようにベンチに座っている三蔵に近づいていく。つい速足になってしまうのをとめられない。

声をかけると、背中を丸めていた三蔵はピンと背筋を伸ばして立ち上がると手を振った。

「久しぶりじゃのう。元気にしておったか～？」

「三蔵も元気そうだ」

「わしもまだまだ長生きしそうじゃよ。この頃食欲もあるしの～」

「そりゃいいねぇ」

「老後を満喫じゃ」

充実した顔をしている三蔵を見て、本当によかったと思う。あの街での時間も確かに三蔵は楽しんでいるようだったが、やはり一番望んでいるのは今のような生活だったらしい。

「じゃあ、ルイのところへ行くか」

「そうじゃな。行くかの～」

三蔵の顔色はよく、足腰も以前よりしっかりしていた。人混みの中をずんずんと歩いていく。

「そういえば、この前三蔵の盆栽見てきたけど、写真撮られてたぞ」

「そうか～」

三蔵は嬉しそうに笑った。

三蔵の盆栽の才能は予想以上で、狙いどおり外国人観光客に好評らしく、外国人宿泊客が多いホテルのロビーに飾っているのだという。盆栽の手入れもしなければならず、三蔵はメンテナンスを依頼され、契約して定期収入となっている。

今はノブちゃんのところに居候しているようだが、このまま一緒に住んでもいいと言われているらしい。盆栽の先生が一緒にいるといつでも大好きな盆栽のことを一日中話せるし、何よりいろいろ教わることができる。しかも、近くの老人たちを集めて無料の盆栽教室も行っているというのだ。中には留学中の外国人の学生もいて、友達も増えて充実している。

そして、三蔵だけでなくルイも着実に自分の夢に向かって歩き出していた。

パティシエとして手塚に雇われてから、毎日忙しく働いている。時々電話をしても眠そうな声で出ることも多い。だが、仕事の話になるとすごい勢いで話すのだ。

今日はルイの働いている店で待ち合わせだが、ルイが任されているケーキを食べることになっている。

「あそこのビルだ」

インターネットカフェのあるビルの一階に、店はあった。

通りに面した店はテラスもあり、開放感があって店内は女性客でいっぱいだった。カフェは男も利用できるが、おしゃれな店内は九割が女性だ。あの中に入ると随分と浮きそうな気がするが、今さら言っても仕方がない。

さりげなく三蔵と店内に入るが、案の定、ほぼ全員が自分たちを見たのではと言いたくなるほど、視線を浴びた。

「こっちだよ、壱っちゃん、三蔵！」

ルイの声がして、門倉はそちらに目を遣《や》った。すると、両手をぶんぶんと振る色白でぽっちゃりのおじさんの姿がある。ルイは一番目立っていた。

「久しぶり〜」

席に着くと、アフタヌーンティーセットを注文する。ルイと三蔵の三人でこうしてお茶をするのは久しぶりだ。以前はよく門倉の部屋に集まっていた。あの時間を懐かしいと感じるなんて、少し不思議な気分だった。

唯一、失って寂しいのはこの時間だろうか。けれども、なかなか会えないのは二人が充実した時間を過ごしている証拠だ。

ウエイトレスが注文したものを運んでくると、三蔵が「おお〜」と声をあげて目を丸くした。どういうものか三蔵は知らなかったらしい。知っている門倉ですら、そのボリュームに驚かされた。

三段のティースタンドには、スイーツや軽食が綺麗に並べられている。人気のメニューらしく、周りの女性客のテーブルにも同じものがあった。これが上の階にあるインターネットカフェの個室でも食べられるのだ。

「やっと三人揃ったね。元気にしてた？」

「何言ってるんだ。ルイが一番忙しいでしょ」

「そうじゃ〜。わしはのんびりしすぎんようにしとるくらいじゃ」

「僕はだって見習いだから。さ、食べよう」

紅茶を注ぐと、まずはサンドウィッチから手をつける。スモークサーモンとクリームチーズを挟んだものやローストビーフを挟んだものなど、これだけでも豪華だ。ほうれん草のキッシュもあり、塩系のものも充実しているため飽きることなくスイーツも堪能できる。

定番のクロテッドクリームをあしらったスコーンもいいが、シフォンケーキが絶品だ。紅茶の香りがほんのりとする。

「これ、僕が担当させてもらってるシフォンケーキ。今朝焼いたんだよ」

「相変わらず旨いねぇ。やっぱりルイのケーキは最高だ」

「わしもこれが一番好きじゃ〜」

「ほんとっ？　美味しい？　僕、真に受けちゃうよ？」

「三蔵のこの顔、嘘言ってるようには見えないでしょ」

シフォンケーキを頬張ってにっこり笑う三蔵は、まさに至福の表情だった。それを見て、ルイは嬉しそうに頬を赤らめる。

「あ、そうそう。三蔵、盆栽教室やってるんだって？　先生じゃない」

「そうじゃ〜。先生じゃ〜」

「三蔵が先生なんておかしいよね。ところで壱っちゃんは、あの色男と一緒に住んでるんでしょ」

「ああ、今はマンションで世話になってる。でも、いずれ出ていくよ」

「えー、勿体な～い。愛の巣にずっと一緒にいればいいのに」

ルイらしい言い方に、門倉は苦笑いした。

「一応部屋の掃除や洗濯なんかやってるけど、秘書の男がねぇ、小姑《こじゅうと》みたいに目ぇ光らせててネチネチ言うんだ。正直これ以上は勘弁だね。しかも、俺がネチネチやられるのを見てあいつも愉しんでる。ったく、ひねくれた弟だよ」

「何それぇ～、それってすごくエッチ～」

「ドSとドMでお似合いじゃな」

「面白がるなって。あの霧島ってのは本当に面倒なんだよ。優秀ってことだろうけど」

「でも、あのイケメンがそれを許すかなぁ。すっごく強引そうだもん」

「揉めるだろうけど、まぁ、なんとかなるでしょ」

紅茶を注ぎ、ケーキに手をつけ、会話を交わす。

久々に三人で過ごす時間はあっという間だった。こんなにしゃべったのは久しぶりだ。

普段おしゃべりではないほうだが、特にルイは人から会話を引き出す才能がある。

明日の盆栽教室の準備があるという三蔵や、朝から仕事のルイのために、あまり長居せずにいるつもりだったが、店を出たのは予定より時間をずっとオーバーしてからだった。

三蔵を駅まで送ると、ルイと今来た道を戻っていく。ルイはもう一度店に戻って明日の焼き菓子の仕込みをするらしい。

「ごめんね、本当は休み取りたかったんだけど新作の焼き菓子を見てもらいたいって言ったら明日ならいいって言われて」

「いいさ、見習いだろ。それに、ルイが楽しいならそれが一番だ」

「うん、楽しい。また夢を持てるなんて思わなかった。職場のみんなもね、優しいんだ。僕みたいなのでも全然変な目で見ないんだよ。腕がいいか悪いか、それだけ」

ルイは満たされた顔をしていた。いつか自分の店を持つ日がきっと来るだろう。今のルイを見ていると、そう信じられる。

「で、壱っちゃんは戸籍取れそうなの？」

「ああ。今いろいろ動いてるんだ。住民票を取ったり面倒だけど、なんとかなりそうだ」

「そっか。頼りになる弟がいるもんね」

「まぁ、確かにな」

「よかった。壱っちゃんも幸せそうで」

店の前まで来ると、ルイはニコニコ笑いながら手を振った。

「じゃあまたね」

また会おうと約束して、ルイとも別れる。時計を見ると、次の約束の時間まであと少しだった。

二人と別れたあとは、まるでパーティーのあとのような静けさだ。街の騒音はあるのに、どこか静かだと感じるのだ。楽しかった時間の余韻はなんともいえない寂しさがある。だが、この感じは嫌いではなかった。

またルイたちと会えるとわかっているからだ。

次に会った時、どんな報告をされるだろうと思うと自分のことのように喜べる。

「さ、急ぎますか」

それから門倉はタクシーを拾った。

向かったのは、手塚と行ったあのバーだった。何度も逢瀬を繰り返した場所で待ち合わせをしている。路地の入口で降り、歩いて店まで行くと、見慣れた看板が暗がりの中でぼんやり光っているのが見えた。

どちらが先に着いただろうか――ドアに手をかけて店内に入る。

「いらっしゃいませ」

カウベルの音とともにバーテンダーの声がした。彼はすっかりなじみ客となった門倉に軽くお辞儀をし、磨いていたグラスを置く。

手塚は来ていた。カウンター席ですでに飲んでいる。

「お待たせ」

「俺も今来たところだ。で、どうだった?」

「ルイも三蔵も幸せそうだった。礼を言うべきだな」

スツールに腰を下ろすと、バーテンダーから熱いおしぼりを受け取り、すっかり覚えたカクテルの名前を言う。手塚が飲んでいるのと同じものだ。

「感謝の気持ちは躰で返してもらおうか」

「オヤジ臭いな」

シェイカーを振る小気味いい音が聞こえ、グラスに注がれたカクテルが目の前に出された。灯りを落とした店内の間接照明を受け、それは静けさをまとっている。

まるで時間を忘れてこの時を楽しめと言っているようだ。この空間に時間の流れなど必要ない。ただ、旨い酒といい音楽があるだけだ。

グラスに手を伸ばし、香りを楽しんでから口をつける。

いつ飲んでも美味しかった。

「だけど、俺だけまだ何もないんだよねぇ」

「生き甲斐《がい》か？」

「俺の取り柄なんてセックスくらいだから。今は役立たずだ」

「だったら俺の相手だけしてればいい」

「そりゃ駄目でしょ。弟のヒモなんて聞いたことがないよ」

学校もろくに通わなかった門倉が社会に馴染むには、時間が必要だろう。だが、夢ではない。ちゃんと実現できる。以前はそうしようとすら思わなかった。これは進歩だ。

「ま、ゆっくり見つけるさ」

いずれ弟の助けになれればいいと思っているが、それはまだ内緒だった。誰もが笑うかもしれないが、あの秘書のように手塚のサポートがしたい。

味方は一人でも多いほうがいい。

(愛だねぇ)

大それた夢であることは、当然わかっていた。学校すら出ていない自分が手塚の役に立てるまでになるには、かなりの努力が必要だろう。

学ばなければならないことは、山ほどある。

それでも、そのことが確かな夢として日に日に門倉の中で大きくなっているのは確かだった。

だから戸籍を取得して、少しずつ社会に馴染んで普通を手に入れる。

まずはそれからだ。

あとがき

こんにちは。もしくははじめまして。中原一也です。

今回は、遊廓ものに挑戦しました。見世物小屋的なエロスが書きたくて、そんな雰囲気の漂う昭和エロスを目指してみましたが、いかがでしたでしょうか？

昭和って好きなんですよね。混沌としている印象です。

えー、それで……あとがきが苦手なので続きません。はは。お仕事を頂くようになって十五年以上が過ぎています。既刊が何冊なのかすでに把握できなくなったほど、出版して頂きました。毎回あとがきがあるので、すでにネタ切れです。

作品裏話とか書けばいいんですかね。裏話……。なんだろう。ただ書くのが好きで、自分の中のイメージを文章で表現するのが好きで、下手ながらも一所懸命雰囲気を出そうと努力してるんですが、そういう作業が好きです。

全然裏話じゃない。あはははは……。

もっと表現が上手になりたいです。私が好きな作家さんは、難しい言葉は使ってないのにさりげなく「おお〜」という表現をされます。そういう文章を読んだらテンションが上がるというか。読みながらニヤリとしてしまうというか。

気負った表現じゃなく、本当にサラリと書かれるんですよね。日常のさりげないシーンなのに、そういった表現が出てくるのが本当にすごいと思います。小説を読むのも好きですが、ストーリーやキャラのよさだけでなく、文章を堪能するのも読書の醍醐《だいご》味《み》だと思います。なので、そういった文章が書ける作家さんに憧《あこが》れます。

私も読者さんをニヤリとさせられるような文章が書きたいです。もちろん、ストーリーやキャラで萌えさせたい！　とも思っています。

それでは最後になりますが、イラストを担当してくださった、nagavic先生。素敵なイラストをありがとうございました。

そして担当様。いつもご指導ありがとうございます。これからも宜しくお願いします。

最後に読者様。私の小説を手に取って頂き、ありがとうございました。お話は楽しんで頂けましたか？　もしよろしければ、感想など聞かせて頂けると幸いです。

中原　一也

本作品は書き下ろしです。

ラルーナ文庫

この本を読んでのご意見・ご感想・ファンレターなどお待ちしております。〒111-0036 東京都台東区松が谷1-4-6-303 株式会社シーラボ「ラルーナ文庫編集部」気付でお送りください。

ドM《エム》の変態《へんたい》がエロ男爵《だんしゃく》に恋《こい》をした!?

2018年7月7日　第1刷発行

著　　者｜中原《なかはら》 一也《かずや》
装丁・DTP｜萩原 七唱
発　行　人｜曺 仁警
発　行　所｜株式会社 シーラボ
〒111-0036　東京都台東区松が谷1-4-6-303
電話　03-5830-3474／FAX　03-5830-3574
http://lalunabunko.com
発　　売｜株式会社 三交社
〒110-0016　東京都台東区台東4-20-9　大仙柴田ビル2階
電話　03-5826-4424／FAX　03-5826-4425
印刷・製本｜中央精版印刷株式会社

ISBN978-4-87919-961-4